ESPRESSO

a las

9

Espresso a las 9
Edición Original, México, 2022
©Mauricio Warrô, 2022
©Warrô Publishing Co.
Libro 4 de 7
Saga Casa Magno
Novela de Ficción

Ilustración de portada: Mauricio Warrô
Edición y maquetación: Warrô Publishing Co.
ISBN: 9798361873944

Cualquier forma de reproducción, distribución, comunicación pública o transformación de esta obra sólo puede ser realizada con la autorización de sus titulares, salvo excepción prevista por la ley.
03-2018-100413534300-01

warropublishing@gmail.com

Esta es una historia de ficción, todos los personajes y situaciones son ficticias, cualquier relación de un personaje a la realidad es mera coincidencia.

Warro Publishing Co.

Mauricio Warrô

SAGA CASA MAGNO

Té a las 8

Arcade

La canción de Madison

Espresso a las 9

Té a los 6

La Magnífica Riviera

Esto es Casa Magno

Este libro va para todos los románticos empedernidos de este mundo y que están en peligro de extinción. Nunca dejen de existir.

Mauricio Warró

Querido Lector:

Este expediente tiene vigencia de dos días a partir de su lectura y es de suma importancia el cumplimiento que demanda el objetivo de este trabajo.

La persona que buscas es de estatura mediana, edad: 32-40 años, latino, pelo castaño, en sus puños corren las venas. Se viste de manera casual y elegante a la vez, lleva zapatillas deportivas la mayor parte del tiempo. Blanco, dicen, es su color favorito.

No es una persona que se considera atractiva, pero para Ud. lo puede ser, frunce el ceño muy a menudo y esto cautiva a sus víctimas, toma demasiado alcohol y se hace pasar por DJ en los bares.

Acostumbra caminar por los parques y calles principales, asiste a cafeterías y tiendas de té, recurre los espacios abiertos más que los cerrados en cuatro paredes.

Esta noche puede estar cerca de donde Ud. acostumbra estar, debe de prestar atención en lo que hace y el sentimiento que le pone a las cosas para atacar a sus víctimas y cumplir sus deseos mas pecaminosos.

Muy importante, no le gusta leer y persuade a la gente para que no lean.

Mucho cuidado con él, confiamos en que va a realizar Ud. el trabajo hasta el final. Ya sabe lo que pasa si no se realiza en tiempo y forma. No olvide marcar cuando el objetivo haya sido eliminado.

Le estamos observando siempre

Por Orden de:

J

Érase una vez en
1921

Café & Bistro "LaGuerta"

12:43 pm

La tarde comenzaba a denotar el calor, pero hacía viento desde hace ya rato, los árboles se movían con gran frescura. Nuestro personaje principal se encontraba sentado en la mesa de la derecha en la parte exterior de la cafetería «LaGuerta».

Solitario y callado bebía su segunda taza de espresso en la taza de cerámica blanca. Fumaba su puro tranquilo y lo disfrutaba a cada calada que le daba. Disfrutaba bastante el estar en su cafetería favorita, pues tenía mesas al exterior, estilo francés, el servicio era impecable pues él ya era cliente desde hace ocho años y Antonia LaGuerta lo trataba como su cliente favorito, el café era muy bueno "del mismísimo Chiapas", y el bar servía buenos tragos como Old Fashioned, Negroni o un buen Sambuca negro.

Vestido siempre impecable, con su blazer gris claro, chaleco gris mas oscuro con su cadena de su reloj de bolsillo oro, pantalones color hueso de vestir, zapatos color marrón perfectamente lustrados a una hebilla y su pelo rubio peinado hacia atrás miraba la esquina y el toldo azul royale le hacía sombra. Miró su reloj de bolsillo, 12:44. Lo volvió a guardar. Miró la esquina de nuevo y avistó a un sujeto de boina, piel negra y grande cabellera color negro de rastas, camisa blanca arremangada, muy parecido en la vestimenta en el color y estilo como la de él portaba, que hasta por un momento él pensó que se pudo haber mandado hacer al mismo sastre de la calle Marrón y que caminaba con las manos en los bolsillos de sus khaki desinteresado y fumando cigarrillos. El tipo se veía fornido, corpulento y difícil de abatir.

Una complicación, puede tardar más, pero sin duda un trabajo fácil pensó.

Dejando su espresso a un lado con el último sorbo, Braxton Hall se echó para atrás su cabellera, peinándola y dejó un billete de 10 dólares detenido por el cenicero, se levantó de la silla de madera con costuras en negro en estilo francés que las había hecho Maison Decouret y caminó hacia la esquina de la calle Azul, acomodando su saco, siguió al sujeto negro que caminaba hacia el siguiente cruce que era la calle Naranja. En el cruce, este giró hacia la derecha y entró a la primera tienda, la del tabaco. Braxton se quedó afuera y sacó otro puro de su bolsa, se lo puso en la boca, más no lo encendió. Esperó a que el sujeto saliera.

—Amigo, ¿tienes fuego? —le dijo al salir.

—Espera —le contestó el sujeto negro.

Sacó un cerillo y lo acercó a Braxton, pero él tiró el puro antes de ser prendido, y el sujeto suspiró recriminando su torpeza.

—Perdón, que tonto soy. —Hizo el gesto de agacharse, pero el sujeto negro se agachó más rápido para ayudarle a recogerlo.

—No, descuida. Suele pasar. —Braxton miró la cajetilla de cigarros metálica en la bolsa de los pantalones khaki del sujeto negro.

—¿Sabias que es pésimo fumar cigarrillos? Yo prefiero los puros, si me van a matar que sea algo con clase.

—¿Clase de qué? ¿Matemáticas...?

La rodilla de Braxton retumbó en el rostro del negro y lo tumbó al piso. El negro se quejó del dolor.

—¡Agggg!, ¿pero qué demonios...?

El sujeto negro se incorporó y quizo darle un golpe a la mandíbula pero Braxton lo esquivó pero lo que no esquivó fue la patada a su muslo, le dolió como piquete pero siguió queriéndolo tumbar con una patada en las piernas, el tipo la saltó y quiso darle una voladora pero Braxton —que sabía pelear artes marciales— le levantó la pierna y lo tumbó para arrastrarlo tres metros a un callejón, donde atrás de un basurero donde nadie los podía ver lo levantó y lo miró en su labio partido que sangraba.

—Sólo para estar seguros, nunca me equivoco, desde hace diez años que no, pero, dime. Clementín, ¿verdad?

—Se dice «Clemaunt», idiota. —Se dolió— ¿Cómo sabes mi nombre?

Braxton sacó una tarjeta del chaleco y se la mostró. Decía:

Clemaunt

—¿Eh? —insistió el hombre negro.

—Okay, «Clemaunt», no quiero estrechar lazos, menos con gente de tu tipo, no soy racista, me refiero a que odio a los que fuman cigarros, solamente me quería cerciorar que eras tú.

Sacó su Colt de 9mm, quitó el seguro, apuntó debajo de la barbilla hacia su cabeza y tiró del gatillo de inmediato.

La sangre explotó desde su cráneo y el sonido retumbó en el callejón. Braxton limpió el arma con el pañuelo blanco de su chaleco gris oscuro y los volvió a guardar.

—A la otra piensa dos veces antes de cometer Feminicidio. Clementín, de la banda de los «Ríspidos y Seguros»

Vio la cajetilla de cigarrillos que salió de los pantalones del negro y puso mala cara. *Swishers*.

—¡Iagh! —Hizo señal de disgusto—, y de sabor... Por esto me da gusto, mi profesión ¿Quiénes serán los «Ríspidos y Seguros?» —se preguntó chutando la cajetilla con sus zapatos de una hebilla marrones y se volvió a echar su cabellera hacia atrás y siguió caminando por la acera de la calle Agua Marina hasta ir a la cabina de teléfono en la esquina con calle Naranja donde marcó un teléfono. Contestaron.

—Ya está hecho —pronunció claramente.

Mauricio Warrô

Colgaron.

2. Biografía de un «hombre complicado»

«No soy un hombre complicado...

Desde el balcón. Por ahí de las 9 am y tomando un espresso recién hecho desde su Moka.

Me llamo Braxton Hall, tengo 28 años, vivo solo en la parte más alta de un edificio de departamentos en la calle Azul, donde se suponía, que no habría ruido; pero mi vecino de enfrente toca el maldito saxofón y mi vecina de abajo practica el pinche tap y el swing descontroladamente. Espero un día de estos aparezca alguno de sus nombres en las tarjetas. A ver si pueden tocar el saxofón sin rostro, bailar el tap sin piernas.

Tengo el cabello color rubio sucio y largo, ojos verdes, mido 1.86 metros de altura, me ejercito y me rasuro diario, aunque algunas veces a ellas —las chicas—, les gusta la barba o el bigote, a mí me gusta más rasurado y trato de siempre llevar mi rostro limpio. Piel clara, casi amarilla, dicen —uno que otro bato envidioso— que tengo las manos de una chica, pero pegó fuerte, ¡Jaaa! No olvido la parte en que me gusta usar loción *after-shave* y fragancia de cuero. Dos toques en el cuello, una en el pecho y dos en las muñecas. Listo para la acción.

Nací en los barrios bajos de Chelsea, Londres. Soy inglés y mis padres también lo eran y seguramente mis abuelos lo fueron. Mis padres vinieron para acá por cuestiones de trabajo de mi madre cuando yo tenía seis años así que no recuerdo mucho de mi Inglaterra natal, sólo sé de costumbres, té y ginebra. Mis padres murieron en un accidente de automóvil cuando tenía catroce años, los malditos Ford clase C apenas si servían, dos llantas se desmontaron del riel y el carro cayó por un precipicio. Sólo tengo una hermana, Cassidy, tres años menor, vivimos nuestros primeros cuatro años de huérfanos juntos, empecé este trabajo y ella se fugó a sus quince años, ha de ser una drogadicta y alcohólica, pregúntenme si he vuelto a saber de ella, seguramente se casó con algún rico de la ciudad o se mudó. A ella no le interesó tampoco saber de mí. Me tuve que criar solo en esta colorida ciudad. A veces, en una noche cualquiera, la extraño, más que nada su pelo rubio y sus ojos marrones.

Soy un matón, en palabras bonitas, mercenario. Sí, mato gente por cantidades altas de dinero. Una agencia, cuyo nombre solamente es J, me manda una tarjeta con un nombre, me da indicaciones de a quién tengo que liquidar, yo voy y lo mato de cualquier manera. Tengo solo 48 horas a partir del envío de la tarjeta. Necesito confirmar con una llamada que se cumplió el objetivo o de lo contrario no se me pagará. Espero fielmente que un día salga el nombre del ex novio de mi ex novia ahí, tengo tantas ganas de liquidar a ese imbécil.

No conozco a «J» y ni sé donde está esta agencia ni quién sea mi jefe, ni quién redacte las cartas, sólo sé que son bastante profesionales y serios. Esto lo sé por un amigo que terminó muerto hace años y fue el que me presentó por teléfono con ellos, únicamente se comunican por medio de cartas o teléfonos públicos. Son personas bastante profesionales y estrictas. Pagan después de que yo llego a la cabina y digo "Está hecho." Un sobre amarillo y sellado se desliza por debajo de mi puerta y la suma de dinero en un sobre blanco está ahí. Nunca me quedan mal ni yo a ellos, en caso de una redada mía, ellos saben donde vivo, que hago día a día y pueden matarme. Nunca le juego al estúpido. Nunca fallo. Soy prácticamente... letal. El que no tenga pareja da facilidades o por lo contrario la mirilla estuviera en ella si decidiera revelarme, es fácil amenazarte por tu lado sensible, prefiero evitarlo...te vuelves débil. Esto también aplica con los maleantes a los que matas pues te pueden pegar donde más te duele y a eso me refiero, tu corazón sensible. Con mis padres no se pueden meter y piensan que soy hijo único. No acostumbro a novias, sólo parejas de ocasión, de una sola noche o si está buena, dos noches.

Desde los 17 años mato a personas, llevo en total treinta y cuatro asesinatos, por lo general son personas de la mafia, rateros, violadores o personas que deben dinero a gente poderosa. No se quieren ensuciar las manos. Marcan a la agencia y ellos me contactan a mí.

¿Cómo los mato? Siempre usó mi navaja o mis queridas amigas las semiautomáticas. Hasta ahora no me ha encontrado la policía, sólo una vez se quedó mi bota atorada en una ventana y fue lo único que saben de mi, que calzo del 9.5 UK ¿Cuánta gente calza del 9.5 UK? No lo sé. Me cuido de la policía siempre pues si andan tras mercenarios y también me cuido de la gente vengativa pues ya van varios que me han querido sorprender por haber matado al novio, al empleado o al hermano de alguien. Nadie ha podido contra mí.

Como ya mencioné, no me involucro sentimentalmente, porque puede aparecer el nombre de ella o de un pariente suyo en una tarjeta, y me sirve para matar a sangre fría. No tengo novia real desde los quince años y duró muy poco. Tuve un fuerte amorío con mi ex pareja hace ya cuatro años y acabó hace nueve meses. Pude sentir con ella algo llamado «amor».

Me gusta jugar fútbol y tenis. Lo juego con mi amigo Enrico y a veces van otros: Oscar, Allan, Pedrito y Jonas. Nadie me llega a mi potencial. Podría haber sido campeón de Wimbledon. Preferí matar gente. Me da confort el saber que elimino gente mala del planeta. Sé fielmente, que un día me matarán, pero no tengo miedo. No a la muerte. Lo único que tenemos seguro. Nacimos para morir.

No soy un tipo complicado, soy más que eso, bebo cuatro espressos al día, el primero es a las 9. Visto elegantemente, me gusta la música swing, bebo ginebra y whisky, fumo puros, me encanta el sexo, pago por el y sino, es sexo casual con una chica que me encuentro en algún bar. Las mujeres son mi debilidad, más las rubias. Me gusta viajar, pero amo más mi ciudad. Me aseo dos veces al día y soy demasiado limpio. No soporto los cigarrillos ni a los gatos. Bebo cuatro espressos al día, sino me tomo el de las 9 de la mañana, mi día… simplemente… nunca… existió. No funciono.

Me gustaría tocar el saxofón o el piano. No la trompeta. Odio los cigarrillos. Amo el café.

No viajo mucho, no conozco muchos lugares pero un día me escaparé a una isla en Asia y reiniciaré ahí una vida más simple. Me quedé atrapado estos 28 años en esta ciudad tan colorida.

Que más puedo contar de mí, como ya lo saben, no soy un tipo complicado…»

3. Tenis por la tarde

Cancha de Tenis en el Club Magno. 12:50 pm

El tercer espresso de Braxton Hall estaba apunto de terminarse cuando tuvo que llegar a la cancha de nuevo para sacar. Sorbió de la taza de porcelana blanca, sintió los pocos rayos de sol que había en el cielo nublado y se arregló su polo blanca para jugar de nuevo. Enrico, su mejor amigo estaba del otro lado esperándolo, con una playera azul que le prestaron en el Club Magno, donde rentaban la cancha por hora para jugar.

—*Dai*, qué espero puedas pagar ahora por los cócteles.

—Ya voy... —respondió Braxton y sacó con fuerza para que Enrico ni se moviera y sacara otros quince puntos.

Pasaron otros 23 minutos, donde Braxton terminó ganando. Se fueron a secar el sudor a las bancas con sus toallas.

—Nunca me puedes ganar, Enrico. Eres muy malo.

—Un día, te ganaré, ya verás. Ahora vamos por unos gin & tonic para platicarte algo.

Salieron de la cancha y se dirigieron a una terraza de color blanco y destellos grisáceos con periqueras blancas y sombrillas de colores blancos y grises. El sol se asomó. Fueron a la barra de granito gris y madera de listones en azul grisáceo y pidieron un gin & tonic ambos.

—Tenemos lo mismo pero infusionado en una tisana de frambuesa, grosella y manzana. ¿La quieren probar? —les dijo amablemente el bartender que vestía de polo blanca y pantalones blancos también.

—¿Gin Tea & Tonic? —preguntó Braxton.

—Exacto, delicioso y rico.

—Vale, danos dos de esos.

Se los entregó y el vaso llevaba una rodaja de naranja y un ramito de romero. Se los llevaron a su periquera. Sólo había una pareja tomando en el otro lado y parecía sólo agua.

—Mmm... ¡rico, rico! —Saboreó Enrico.

—Enrico, rico —rió Braxton—, a ver, ahora dime que era lo que querías hablar.

—¿Tienes cita para hoy?

—Tenía pensado llamarle a alguien, pero creo que me tienes una mejor oferta, supongo.

—Y si que la tengo. *Senti*, es el cumpleaños de una señora de mucho dinero en este mismo edificio, una tal Matilda Izaguirre, mucha lana, y creo que sé cómo podemos colarnos con un amigo, Rogelio, que es amigo del bartender que atenderá en la zona de afuera o un patio, no lo sé. La cosa es que, podemos tener posibilidades de abordar chicas de dinero. Tú puedes tener sexo gratis, eh, eh, ¿qué dices?

Le dio un sorbo a su bebida y de inmediato aprobó el plan sin dudarlo, porque había gente linda y de dinero y no pagaría ni un dólar en caso de anotar.

—¿A qué hora nos vemos?

—La respuesta que quería escuchar, a las 9 en punto atrás del depósito de cervezas de José Juan.

—Me parece bien, vamos a cagarla.

—Me gusta esa frase, *vamos a cagarla*, Hall.

Una sonrisa perturbadora salió del rostro de Braxton. Si no pagaba por el sexo era un ahorro. Chicas hermosas, dinero en el aire, gente opulenta de la ciudad. Era lo suyo. Más que nada porque cuando iban a jugar tenis al Club Magno, el edificio, que parecía más una casa, les parecía surreal y de gente ostentosa.

—Quiero ponerme ebrio esta noche, amigo –le dijo Braxton–. ¿Invitas al Oscar o a alguien más?

—No, Oscar salió de la ciudad en su bote con unas chicas, Allan trabajará en su depósito, Jonas nunca contesta, entonces seremos sólo tú y yo.

—¿Para qué queremos más?

—Tú me conseguirás una, por favor.

—Ya consíguela tú. —Se carcajeó.

—Me gustó el coctelito. Buena combinación del té en el trago.

—Sí, está rica esta mamada.

La tarde transcurrió, y lo que sólo parecía un partido amistoso de tenis, pasó a hacer borrachera pues el bartender, muy listo, siguió ofreciéndoles tragos y Enrico sacó dos dados, uno azul y otro verde, el que sacara menor número era el que pagaba la ronda. Braxton pagó las tres rondas de ginebra, té y vino espumoso que les ofrecían. Bastante *jaladitos* ya, decidieron irse a sus casas a cambiar y a bañarse. Braxton quería un espresso para que se le bajara la borrachera, miró los dados olvidados en la mesa y se los puso en el short.

4. Deleite nocturno

LaGuerta Café

Faltando ya casi cuatro horas para su encuentro con Enrico, Braxton decidió arreglarse para ir primero a LaGuerta por un último espresso antes de la gran noche, así que se dio una ducha, se acicaló, se puso loción, se peinó, se puso su traje de tres piezas color negro con líneas muy tenues color gris, camisa color gris claro y una corbata de un gris más oscuro. Se vio muy apuesto en el espejo. Se puso su reloj en el bolsillo y luego optó por un sombrero borsalino. Los dados de Enrico en el short se salían del short blanco de tenis y los puso en su bolsillo derecho del chaleco.

—*No vuelvo a apostar contra este man esos dados.*

La gente lo miraba al pasar, era una de sus cualidades, simplemente las personas no lo podían evitar. Se sentó en la terraza de café LaGuerta y pidió su espresso.

Solo, miraba a la gente pasar y checaba su reloj.

8:35, tiempo de irse.

Llegó caminando, las distancias no eran muy largas de su departamento a LaGuerta y de LaGuerta al depósito y del depósito al Club Magno. Llegó al depósito a las 8:58.

—Puntual —habló al aire.

9:07

Ya había llegado Enrico, vestido con diferentes tonos de café y una boina verde. Miró a Braxton.

—Siempre tan elegante y galán. Vas a conquistar muchas mujeres hoy.

—Pues espero lo mismo de ti, amigo. Nunca agarras nada. —Enrico se apachurró y bajó los hombros.

—Espero hoy si. Tengo fé.

El Club Magno por la entrada principal parecía otro edificio, ya que la calle Morado se vestía de colores cálidos y púrpuras para dar bienvenida a una gran noche.

Las jacarandas daban paso a un pórtico enorme hecho de piedra de mármol en donde cuatro grandes columnas jónicas se levantaban. Las luces cálidas les daban entrada a las personas que, en parejas o grupos llegaban saltando de felicidad y riendo a carcajadas. Todos vestían para matar, el lujo desbordaba. El West Egg de Nueva York podría estar a la altura de esta fiesta. Gatsby podía tener poca gente hoy, se murmuraba. En la entrada, arriba de los escalones de mármol, estaban dos personas pidiendo invitaciones.

—¿No pensarás que vamos a entrar por ahí? Nos detendrían en la entrada y nos mandarían a freír papas —dijo Enrico.

—No, entraremos por un costado.

Rodearon la casa, metros y metros de barda y no encontraban entradas alternativas, hasta que detrás de unos arbustos pudieron ver un pasaje hacia un cuarto.

Entraron sigilosamente por la rejilla, y bajaron a un cuarto con poca luz. Era un almacén de herramientas.

—Espero no te hayas arruinado el atuendo, buen amigo. —Enrico le pegó en el hombro a Braxton y este se sacudió.

—Nada de qué preocuparse, chavo.

Abrieron la puerta y dieron paso a un enorme jardín.

Desde ahí se podía ver unos enormes ventanales con grandes luces y personas atiborraban el lugar. Vieron otro pasaje de una terraza con mesas y sillas de madera apiladas en donde podían pasar.

—Mira que diferente es esta casa de noche, ni en toda tu vida podrías pagar algo así para vivir así, Enrico —se burló Braxton.

—Ni tú exportando pescado.

—*¿Cuántos pescados necesitaría exportar para comprar una mansión así?* pensó.

Enrico no sabía que su amigo era un caza recompensas. Braxton se escondía por su seguridad y para no alarmar. Así que le decía que tenía una empresa que exportaba pescado.

—Esperen, ustedes no tienen invitación, La Sra. Matilda no los conoce.

Los apuntó un sujeto de smoking blanco y bigote pequeño. Los dos se incomodaron y abrieron los ojos.

—*Merda* —dijo Enrico desilusionado.

--Sí, somos nuevos conocidos de La Sra. Marina, somos de su despacho de abogados… los nuevos asistentes —dijo Braxton seguro de sí.

—Se llama Matilda, no tiene despacho de abogados y sí, son unos colados.

Se sintieron preocupados, los iban a sacar de la fiesta y tendrían que irse a otro lado a divertirse y pagar…

—Pero no se preocupen, la mitad de los asistentes no tienen invitación. Disfruten la fiesta, chicos.

—¿Eh? —Se preguntó confundido Braxton mirando a Enrico que sólo levantó los hombros no sabiendo qué había pasado.

¿Entonces para qué piden invitaciones si van a dejar pasar a cualquiera?

Los dos sonrieron nerviosos y se apresuraron a subir, la terraza se terminaba donde una gran alfombra roja llenaba un gran vestíbulo, pasando este, un enorme patio con grandes columnas de piedra y ventanales eran el personaje principal. La barra de en medio servía cócteles y por otro lado había dos saxofonistas que tocaban, pero la gente no bailaba, únicamente conversaba. Ellos se pararon en la barra y Braxton se recargó en la barra mirando al público.

—¿Nos dividimos? ¿Qué hacemos? —preguntó Braxton.

—No seas tonto, tenemos que embriagarnos, el alcohol es gratis, ¿no te dije que el bartender es amigo de mi amigo?

—No te conozco —dijo el bartender

—Vamos, hombre, ¡soy amigo de Riccardo!

—No lo conozco. —Volvió a responder el de la barra y siguió preparando cócteles.

Braxton miró a este hombre en la barra que sacó del refrigerador pequeño un licor rojo con fresas y pimienta y que servía este licor con hielo en un Old-Fashioned, luego añadía ginebra y Vermouth Rosso.

Se veía delicioso, pues hacía un Negroni diferente.

—Riccardo, ¿me sirves un Negroni como ese?

—¿Negroni de Fresa? —preguntó el bartender que se llamaba Joel, no Riccardo.

—Ese, el que acabas de hacer.

—Claro, dame un minuto.

El bartender se apresuró a servir un martini y luego hizo el Negroni de fresa para él. Se lo entregó y Braxton lo probó, su estómago se lo agradeció.

—¿Qué es eso? —preguntó Enrico.

—Pruébalo.

Este lo probó y también le gustó mucho.

—Viejo, dame uno igual —le ordenó al bartender.

El tipo sólo aprobó con la cabeza.

—Todo se trata de amabilidad y educación. Y es obvio, que no te conoce.

Tomaron sus cócteles y bebieron, sus miradas eran como las de un tigre al acecho, cazaban a sus pobres víctimas, pero todas se veían ocupadas y no había damiselas solitarias.

—Creo que tenemos que ponernos más ebrios.

Tomaban ahora, dos whiskies en las rocas y fueron a la cancha de tenis en el Club Magno, que estaba cerrada junto con la terraza. Se veía muy tranquilo, estaba todo apagado y ellos tomaban afuera.

—Buenas nenas ¿no? –empezó Enrico.

—Y si, espero poder conocer una de esas ricachonas de esta ciudad, esas que huelen a violetas y están todas bonitas.

—¡Oh, si! Tengo rato sin estar con una. No se me facilita tanto como a ti, *ragga*. ¿Cómo que te late?

—Pues ya sabes que yo soy de rubias, piel como tostada y muy arregladas, aunque no me disgustaría de vez en cuando una de pelo castaño y ojos grandes.

—Esas chicas como tipo del Mediterráneo o latinas, a mi me gustan más las latinas o morenas, *ragga*, aunque ya tengo tiempo ya sin estar con una y yo creo que si pasa otra semana de sequía si voy a optar por hablarle a una amiguita tuya.

—Cuando quieras, pero tienes que pagar bien. Yo tengo que juntar más o menos como la venta de siete pescados para una regular. –Se carcajearon los dos al oír eso salir de la boca de Braxton.

Pasando la noche y el alcohol que fluía, se encaminaron de la cancha de tenis hacia el siguiente patio, donde había más vegetación interior en macetones, en los ventanales colgaban enredaderas y hierbas, una barra atendía champagne por doquier y la gente platicaba en los sillones de colores pero ahí todo fluía más divertido y las personas tenían hambre de lujuria.

—Si cortejas a la dueña, ya tienes la vida resuelta, Brax. ¿Qué opinas?

—No suena mal, las mujeres maduras saben lo que quieren, aunque deberá de ser alguien bastante complicada, mira toda esta gente y la fiesta tan basta.

Miraron como toda la gente se replegó en todo espacio de la casa, la música al límite, y de esto, veían todo tipo de atuendos raros que confirmaban la teoría de que la Sra. Izaguirre era una mujer «complicada» a otro nivel.

—La verdad que sí, de donde conocerá tanto lunático que viste y baila así.

—Te apuesto que más del 50% son colados, amigo.

—Como nosotros.

—Ojalá y nos dejen algo.

La noche seguía. Se miraron con ojos de otras mujeres y coqueteaban con varias chicas con vestidos cortos y joyas brillantes. Los dos ya tenían víctimas para la segunda parte de la noche. Hasta el momento una noche inigualable como ninguna otra, especial por el ambiente que se vivía, las personas extrañas pero que todos convivían en armonía, la música de todo tipo con DJs (ellos no sabían qué demonios era eso) pero ahí estaba. Un tal DJ Alex y su música que impartía. En un muro ellos parecieron ver algo que decía: «Alguien que me traiga chupirul a la cabina.» Después de varios minutos Enrico volvió a ver el mismo muro que decía: «Nadie? Chingo a mi madre pues.» No entendía qué pasaba hasta que vio al DJ algo desmotivado, pero él siempre quería sorprender a la multitud con sus cambios de música radicales, se volvió a Braxton para decirle algo.

—Vaya que son guapas, nos las llevaremos a tu apartamento. Tu rubia es hermosa —decía Enrico con tono alcohólico.

—La tuya es guapa también, vaya que hemos dado en el clavo. Noche fácil, mi amigo. Te presto la sala, ya que mi apartamento sólo tiene un cuarto y lo sabes.

—Tú échame el sillón, *ragga*. Lo que sea es bueno.

Tomaron varias bebidas más, las chicas se alegraron más, los besos en las mejillas y en el cuello volaban hacia Braxton. La rubia con cabello garçon, se le veía desde muy lejos que había encontrado en Braxton a un hombre para volarle los sesos en la cama. Braxton era todo un domador experto. Enrico se alucinaba y rogaba por un beso de la chica de cabello rizado con vestido rosa y ojos verdes.

—Hermano, voy al baño. —Braxton se levantó, dejó a la chica rubia y Enrico asintió todavía tirando saliva por su chica.

Enrico miraba a su chica que no bailaba nada, la rubia se movía algo, pero la suya estaba más tiesa que cualquier planta artificial en el salón. Enrico pensó tal vez que era la música de la persona con la diadema en la cabeza.

—¡Ey! voy a cambiar la música, pérame tantito, ¿va? —Enrico le gritó casi en la oreja, la chica sólo asintió.

Ahora sí, vamos a ver como bailas pensó Enrico para sus adentros. Se dirigió hacia el DJ Alex. Debajo de la cabina de piedra y casi en medio de los ventanales que se iluminaban de colores, Enrico desde abajo le hizo una señal levantando la mano.

—¡Ey, ey, amigo!

El DJ se quitó por un momento sus audífonos.

—¿Qué pasa, carnal? —le preguntó el DJ siguiendo tocando en su tornamesa.

—¿Crees que puedas cambiar la música a un swing más movido? No sé está música que sea.

El hombre que tocaba la música en ese patio se molestó tanto por esa pregunta y miró a su público que todos estaban bailando y tomaban menos, el hombre que debajo de la cabina lo miraba impaciente.

—¿Viejo, de verdad crees que puedes venir a pararte aquí abajo a pedir que cambie la maldita música? Estás pero re-mal, chavo. Me pagan una miseria para venir acá a una fiesta rara a una casa de una millonaria, pongo mi música, nadie me dice nada, no tomo ni vergas de alcohol, quiero ponerme bien pedo y llegas tú a mamar con esa mamada de «cambiáme la música, we» ¡Saquece a la verga!

—Demonios, perdón, hombre. —Enrico se disculpó y se avergonzó por haber molestado al DJ. Ya estaba livianito y borracho.

—Mínimo hubieras traído una cuba, mamón. Si vas a querer cambiar una rola —dijo DJ Alex para sí mientras seguía tocando. Pasó una mesera y le habló—. Rosa, ya tráeme un bacacho ¿no?

Mientras Braxton caminaba torcidamente hacia todos los lugares de la planta baja, pero ninguno era un baño, un hombre le apuntó hacia arriba indicando donde estaba el baño. Se veía serio, era la seguridad. Subió lentamente mareado y cuando vio en el balcón a un hombre salir de un lugar peinándose, allí era donde debería de ir.

Entró al baño, sólo era una pequeña taza, un lavabo de mármol y patas chapadas en oro. El espejo le mostraba ya los ojos irritados.

Todavía puedes, sólo hay que tomarnos más champagne y llevarnos a esa chica bonita a casa. Se dijo a sí mismo, se peinó y salió al pasillo. Cuando salió una chica de vestido corto color beige con brillantes y con pelo negro chocó con él.

—¡Uoh!, lo siento, tengo que entrar al tocador y ando algo tomada ya.

Los dos se miraron, verdes y azules. Los dos pensaron: *¡Qué belleza!*

—El tocador de mujeres debe de estar por allá. —La tenía detenida de la espalda baja tocando su piel descubierta. Ella lo miraba a los ojos y después bajaba la mirada para que no la descubriera mirándolo.

—Lo siento otra vez, soy una tonta, voy a ir ahora.

Se separaron para ella moverse hacia el baño de hombres.

—Es para el otro lado.

Ella tambaleó y Braxton sentía ternura por esa chica tan linda.

—Mejor te acompaño.

Se le acercó y la detuvo, le puso su brazo en el suyo y la guió.

—Eres muy amable, sólo llego al tocador y puedes marcharte... —Se quedó esperando su nombre y al fin él respondió.

—Braxton.

—Eso, Braxton, chico inglés.

La chica estaba borracha, pero a Braxton le parecía tierna. Llegaron al baño de mujeres.

—Bueno partiré, graciaas por el viaje, Braxxxtton. —Arrastraba las palabras por el nivel de borrachera que traía.

—No hay de qué, pero ¿estarás bien?

—Seguro.

La chica desapareció en el tocador y Braxton quedó perplejo por ella, no sabía si el concentrado de alcohol o su perfume o si de verdad le parecía hermosa la mujer, pero se quedó viendo la puerta del cuarto por un buen tiempo y sonriendo detenido por el codo en el barandal de metal, quería impresionarla pero ella no salía del tocador entonces fue que bajó a su mesa, la chica rubia lo seguía esperando, pero Braxton ya le era indiferente, pensaba en la chica del baño. Pero se olvidó por un momento de ella para platicar con la rubia.

—Viejo amigo, creo que ya pasamos alcohol de más. —Enrico le abrazó y rió a carcajadas.

—No vayas con el DJ es un malhumorado de lo peor —le dijo Enrico ya trabándose con su voz.

—¿Quién es DJ? —le contestó Braxton también borracho con una copa de champán.

3:46 am

—No creas que por ser de cabello largo no soy tan femenina como ellas de estilachos de moda, este debería ser mi estilo por siempre, he tenido el pelo corto y me lo tapo con el sombrero.... ¿mi sombrero? ¿Donde está?

Braxton se sacudió del sillón, estaban ya en una sala más privada en donde había libreros, otros grupos de sillones con personas conversando íntimamente. Entonces cuando observó el sombrero tirado en la alfombra púrpura y alargó su mano para recogerlo, unos tacones altos, blancos, brillantes se detuvieron para recogerlo.

—¡Vaya, pero qué bonito sombrero! ¿No sabía que los usabas?

Miró hacia arriba y era la chica del baño que le sonreía. Ella se lo puso y comenzó a posar, como si un camarógrafo le estuviera tomando fotos. La rubia la fulminó con la mirada, la de pelo negro corto la desaprobó con el gesto.

—Bueno, se te ve bien, pero si no te importa...lo tengo que devolver. —Se lo arrebató sutilmente.

—Todo suyo, señor. —Se lo devolvió.

Ella caminó hacia otra sala, él la siguió.

—Espera, Braxton quiere saber quién eres —replicó él en tercera persona.

—No vengo a conocer personas, sólo vine por mi tía, es su cumpleaños. Es más, creo que alguien te espera ahí en la mesa.

—Yo vine porque nadie me invitó, —dijo él honestamente—, como el otro 50% restante en la fiesta.

—Toda la boca llena de razón, señor, ahora ¿sabes? te podría echar si quisiera, aunque eres bonito. —Braxton la seguía y ella caminaba delante de él por el patio—. La gente es tan aburrida... todos hablan de sus viajes, de los vestidos que compraron... de cosas tan vagas y aburridas.

—Son tan banales... pero tú simulas ser una de ellas.

—No olvides a los aburridos e iguales. Pero puedes verme como uno de ellos porque así es mi familia, les gusta verse bien y a mí también. La cosa es que si tomarás a todo este grupo de gente no ha...

La chica se tropezó tontamente con un escalón, Braxton la alcanzó, la tomó de la cintura deteniéndola.

—¡Ey! Todo un rescatista.

—¿Por qué no mejor… vamos a la barra? Esto es aburrido.

La chica asintió y fueron a una barra interior de madera debajo de un librero donde un bartender atendía sólo.

—¿Qué pediremos? —preguntó la chica de cabellera negra.

Braxton quería ser ingenioso y divertido, pensaba en algo y fue ahí cuando sintió en su chaleco los dados de Enrico y se le prendió el foco.

—Mira, juguemos a algo. —Le enseñó los dados azul y verde—. El que saque el menor número se toma un trago de ese tequila que tienen ahí. —Los dos miraron la cava y la botella sin nombre de cristal con tequila.

—¿Yo escojo un color y tú otro? —preguntó ella.

—Correcto. El que saque menor puntaje se toma un trago de eso. Bartender, dos caballitos de tequila. ¿De dónde eres?

—España. —Tomó el dado azul de su mano—. Escojo azul, naturalmente.

—Muy bien, a darle.

Tiraron al mismo tiempo. Verde, tres; Azul, seis.

—A tomar chico valiente —le dijo triunfante.

Braxton tomó e hizo gesto de disgusto.

—Otro, otro…

—¿Tequila? —preguntó ella, pero él ya más borracho cambió la temática.

—No, si gano me das un beso.

—Ah, mira, este travieso. ¿Si pierdes?

—Tequila y te dejo en paz.

La chica pensó y pensó. Braxton era apuesto pero ya sabía sus intenciones, pero se veía deseosa de aventurarse y aceptó.

—Vale, vale. A la cuenta de tres.

El bartender los miraba y pensaba que podía jugar ese juego con su crush en una fiesta.

—¡Una, dos, tres!

Tiraron. Verde seis. Braxton festejó. Azul, seis. Su cara se apachurró y ella saltó de emoción. Tomó otro tequila.

—¡Sí, chupito de tequila para el perdedor!

Mientras ella festejaba Braxton no se quedó con las ganas y la tomó de la cintura para robarle un beso. El bartender estaba extasiado con esa escena. Ella lo apartó y lo abofeteó.

—¡Ey, joder! ¡No hagas eso!

—Perdona... me eres simplemente irresistible y bueno, ya ando un poquitín... *borrachou.*

Ella lo tenía todavía agarrado de su rostro cuadrado con su mano delicada y lo miró, vio ese rostro de caballero apuesto, sus ojos verdes como de tigre y le dijo:

—Bueno... ya que más da, lo intentaste.

Lo besó, pero ahora apasionadamente, Braxton la empujó hacia el librero más cercano y la tomó de su cintura y ella del rostro. Se separaron.

—¿Te quieres ir de aquí?

Ella sin titubear y pasmada asintió sin aire.

—Por supuesto.

Apartamento

5:32 am

Las cosas se dieron mu rápido y fluido, para que Braxton y la chica de pelo corto negro estuvieran ya en el apartamento de

Braxton. El jazz sonaba naturalmente con sus vecinos del piano, saxofón y una mujer que cantaba suavemente.

Le ofreció tomar whisky y ella aceptó uno, él se abalanzó sobres de ella y la comenzó a besar, ella lo desvestía.

—¿Cómo te llamas? —interrumpió él.

—No hay necesidad de nombres, Brad.

—Es Braxton... oh ya entendí, deleite nocturno será.

Ella sonrió.

—Mínimo dime de qué parte de España saliste.

—Sevilla —le dijo a secas.

Siguió la pasión, él la desvestía hasta quedar desnuda y tiernamente él la tocaba y sentía una pasión efervescente y ella, con la combinación del alcohol y lo que el hombre desataba, se desmoronaba para entregarse a él. El saxofón era la música de fondo para lo que resultó una noche de pasión entre dos personas, después quedaron desparramados en la cama. Agitados, las pulsaciones al límite y tendidos en la cama de Braxton, sonrieron el uno al otro.

5. Detrás del telón

Apartamento

8:35 am

Cuando te pones a pensar en qué soñaste, ¿de verdad lo recuerdas? Pues, Braxton recordó todo su sueño al despertarse esa mañana.

Estaba en una gran ópera, un lugar enorme, elegante, con luces por doquier y todo el mundo iba demasiado bien vestido y veían la escena principal con atención. El vestía un tuxedo negro a la medida impecable y aplaudía eufórico al ver salir a la barítona al escenario, una chica bella de gran cabellera negra y unos ojos azules como reflectores. Portaba un vestido pomposo de color beige, un escote que resaltaba su busto, su piel blanca aperlada y portaba una máscara color dorado con plumas en color rojo vino.

Cantaba y cantaba, y Braxton se enamoraba lentamente de esa bella voz, pero él sólo sabía que era una actuación, era todo parte del show, qué al terminar su melodía, ella se iría, se quitaría la máscara y volvería a ser la misma de siempre; una chica misteriosa, a la cual, él no conocía para nada. Todo era oscuridad, el telón se cerraba y el teatro se asolaba; él miraba la escena vacía y el teatro desolado. Un lugar desolado como su corazón.

El amor existe, pero no está en este lugar. Lo he probado una vez, pero no sé si lo volveré a encontrar de nuevo.

.

.

Al despertar, ahí vio a la chica de la noche anterior, estaba sentada en la ventana fumando un cigarro con su cabello corto, rizado y negro, su piel desnuda reflejaba la blancura sensual de una arena lisa, aunque llevaba un bra negro de lace, la sábana blanca caía debajo de su ombligo. Braxton notó un lunar en su cintura.

—*Puede que sea una chica maravillosa, de buena familia, hermosa, de buenos gustos, hermosa como un ángel, pero sólo fue una chica de una noche, nada más. ¿Acaso huelo a cigarrillo?* —Se dijo a sí mismo.

Braxton se levantó, la miró de pies a cabeza, ella le sonrió levemente.

—*Sí, fuma y cigarrillos, la tengo que despedir ya* —pensó y luego le dijo-: Perdona, ¿te molestaría apagar tu cigarrillo?

—Oh, lo siento —ella se sintió incómoda y de inmediato lo apagó en el balcón—.Pensé que fumabas.

—Sí fumo, pero no eso... —él se sintió tenso—. No me gustan. Sólo fumo puros.

—Vale, chico con clase. —Lo apagó lentamente en un cenicero junto a la ventana, ya que ella había visto eso ahí y asumió que él fumaba.

Él fue por un pan tostado y crema de maní, puso la pequeña cafetera moka de metal en la hornilla para hacer el primer espresso del día, tal vez la chica quería uno de igual manera, así que hizo de más. Tenía que seguir siendo un caballero, cuando se fuera, sería dar vuelta a la página. Fue al dormitorio y tomó su espresso mirando a la ventana que daba lugar a pocos automóviles en la calle y gente paseando. De repente, sintió una mirada.

—Te ves más interesante ahí parado en calzoncillos, que ayer en tu traje. —Se rió tontamente.

—Puedo decir lo mismo.

Ella le sonrió tímidamente y sus ojos azules brillaban al bostezar, su cabello rizado caía por su rostro y Braxton la vio muy hermosa. Para él, ver su cabello negro, que ya no parecía tan corto sino que llegaba un poco más arriba de su cuello, sus labios gruesos y rosas, sus cejas grandes, su pequeña nariz, pero sus ojos tan brillantes, grandes y de un azul muy claro; eran hipnotizantes, pero él estaba acostumbrado a no apegarse a nada, sólo era algo de una noche.

—Fue maravilloso ayer, creo que fui algo dura contigo, es que no pensaba que podríamos tener una gran conexión, y luego yo estaba tan ebria… pero fue como si tu fueras un héroe, ¿sabes cómo? cuando estaba afuera del baño y luego tú… —Braxton la oía, la miraba, la barítona de la máscara, era una persona normal, una chica dulce que estaba ansiosa por amor, pero él—… nunca había hecho esto, pero me encantaste, tu beso, tu forma de mirarme—. Mientras seguía hablando sacó otro cigarrillo por inercia y se lo puso en la boca.

—Detente ahí —le dijo contundentemente.

—Oh, si, lo siento, que tonta… —Ella lo miró apenada y con los ojos abiertos y guardó de nuevo el cigarrillo.

—No me conoces, ayer estábamos ebrios los dos, y yo hago esto siempre. Y no se puede fumar aquí.

—Pero si tú, yo pensé…

—Pensaste y eso hacen las chicas, sólo piensan, no saben que es sólo un encuentro casual, no lo saben hasta que se los dices y se los repites mil veces más. Yo no me involucro sentimentalmente, no te convengo, tú cuando salgas de este apartamento me olvidarás y seguirás con tu vida color de rosa fumando cigarrillos en los balcones de todos los demás.

La chica derramó una lágrima. Sus ojos azules se hicieron más grandes y tiernos pero, se apagaban.

—Puede que seas alguien increíble, la pasamos genial, pero de verdad no soy quien tú crees. —Continuó.

—¡No soy una puta que anda de balcón en balcón…! y al menos podrías tratar de conocerme, ayer no te dije, pero mi nombre es Camila…

—¡No… lo… quería… saber! ¡Mierda! —exclamó enojado—. Ya lo hiciste personal.

Aunque la noche pasada si lo quería saber y Camila era un nombre bonito.

—¿De verdad eres un patán? Detrás del caballero, apuesto y atento, ¿hay un patán? ¿tienes qué ser así? —se le escuchaba iracunda.

Braxton bajó la mirada y resopló, le costaba trabajo con Camila hacer su teatro del siguiente día, pero debía de bajar el telón. En un supuesto escenario donde le gustara y quisiera estar con ella en una relación, ¿ella quisiera estar con un matón de corazón frío?

—Lo soy, odio a las que fuman cigarrillos, no me gusta el pelo negro, —Abrió la puerta invitándola a salir—, ahora si no te molesta, tengo cosas que hacer.

—Vaya cabrón y personaje que hicieron ¿Me corres? —Siguió ella insistiendo—. Ni siquiera sé dónde trabajas, qué haces de tu vida, quién es tu familia. Pero bueno, tremenda educación del apuesto «caballero-odia-cigarrillos».

Soy un mercenario que mata por dinero sin sentimientos, sin familia y que le gusta el sexo y el alcohol.

Pensó prendiendo su puro, sacó su ropa del vestidor y comenzó a vestirse.

—Bueno, ya que lo hiciste personal: soy exportador de pescado, no tengo familia y vivo solo aquí, es todo lo que tienes que saber. Ahora, si me permites...

Camila comenzó a vestirse, Braxton miró sus senos pequeños y erguidos a través del lace, más bien, los admiraba mientras se vestía, la observaba como un simple espectador y era como su sueño con la barítona. Estaba maravillado con ella, era... era perfecta. Le gustaban las rubias, pero esta chica era una diosa.

—Bueno, dejémoslo así, ya soy bastante grande para poder saber que hay hombres cabrones que no valen la pena. Pediré un taxi y me iré para que no vuelvas a saber de mí. No molestaré más. Aparte de que tampoco me gustan los rubios.

Braxton no dijo nada, la vio vestirse y luego al marcharse a la puerta Braxton miró un pequeño brazalete de perlas blancas con detalles dorados y lo tomó para entregárselo.

—Eh, ¿Camila? —Ella volteó enojada deteniendo la puerta—, tu brazalete.

Le tendió la mano con un brazalete de perlas blancas. Ella se acercó rápidamente y se lo arrebató, pero en el arrebato, este se rompió y dejó caer todas las perlas blancas por la duela chocolate. No le importó, volvió a la puerta y cerró de un golpe.

Braxton suspiró y dejó el puro de lado. Respiró y olió ese perfume a violetas con sándalo. Volvió a suspirar. Miró las perlas regadas por el piso.

—Hiciste bien, Braxton. Es lo mejor. —Se reconfortó.

Terminó de vestirse y miró el balcón en donde ella tomaba un taxi y se iba. La seguía admirando. De todas las chicas con quien había estado, ella era algo especial. Nunca antes se había arrepentido de correr a ninguna de su casa, pero en ese momento, se arrepintió demasiado con ella.

—Ahora, a recoger las malditas perlas.

6. La dueña de la casa

Almacén de Whisky ilegal

1:05 pm

Corría y corría, el sudor bajaba por su frente. Pasó por la charcutería de doña Lola y empujó a dos personas que bajaban patas de jamón serrano y los hizo tirar al suelo. No le importó y siguió corriendo. Su frecuencia cardiaca subía y no bajaba nada. Le iba a dar un paro cardiaco a ese hombre en plena calle y el sol le quemaba el pelo. La policía se escuchaba a lo lejos y era por su disparo que no llegó a nada, no le había atinado a la persona que le estaba persiguiendo, pero sí tenía una herida en su cadera por la navaja que le insertó el hombre con brusquedad. Era una suerte que éste siguiera vivo. Chorreaba sangre por la calle. Se metió a un callejón y empezó a respirar a bocanadas donde escupió sangre y vomitó más cosas. Si se quedaba ahí, el sujeto lo iba a atrapar y lo mataría. Siguió corriendo como pudo por el callejón y pasó a una calle más transitada donde corrió más deprisa y sus pulmones le pedían que ya parara. Las sirenas seguían escuchando a lo lejos. Cuando miró hacia atrás miró al sujeto rubio que se le acercaba deprisa y lo pudo reconocer. Corrió más deprisa, y supo que a lo mejor ya no tenía escapatoria entonces fue cuando pensó en su seguro de vida. Corrió a una cabina telefónica que estaba a lado del almacén de whisky ilegal de Hendris. Entró bruscamente y precipitadamente con las sirenas de fondo marcó a su primo, Milton. El atendió al segundo.

—¿Qué pasa?

—Milton, es este Hall, me está persiguiendo y me atinó una puñalada y no tardará en liquidarme. No sé quién lo mandó, si la banda de la «Mano Púrpura» o es por sí mismo. Sólo te digo que si me llegara a pasar algo, adviértele lo que le pasara a su querida...

Braxton lo había visto ya y fue cuando salió despavorido y se metió al almacén de whisky. Bajó las escaleras, saltó la puerta derrumbándose y cayendo, dejando aún más rastro de sangre y doliéndose como nunca. Se fue a esconder tras varios barriles en la oscuridad. Braxton bajó tranquilo por las escaleras y miró el rastro de sangre.

—Ya no hay escapatoria, Valentín. De aquí ya no sales. —Le advirtió mirando tras los barriles y respiraba con calma escondiéndose detrás de un barril de madera de cedro mientras cargaba su Colt por si su víctima decidía soltar otro disparo, Valentín resoplaba agitado con su pistola automática. No le gustaban los hombres con armas, pero ya había matado a varios, este se resistía. Volvió a respirar y a exhalar, se asomó por en medio de dos barriles y apuntó hacia su corazón. Pum. Le dio. El hombre vació el cartucho de su pistola al azar tirando balas por ningún lado. Braxton se cubrió de las astillas y de los chorros de whisky que salpicaba la mamposta debido a los disparos aleatorios. Volvió a mirar al tipo y ya este estaba en sus últimas bocanadas de aire.

—Me has sacado un buen susto, vaya persecución, pero no eres más listo que yo. Nadie lo es. —Miró el cadáver y lo pateó en la pierna para asegurar que ya estaba muerto.

Caminó por los charcos de whisky, se secó el sudor de la frente con su pañuelo, guardó su arma y salió por la puerta de atrás. Nadie debería de saber que alguien murió ahí y menos que él lo había matado. La policía estaba tras de ellos. No lo podían atrapar. Uno menos de la banda Ríspidos y Seguros, que en ese entonces, ya había eliminado a tres de ellos.

Mientras tanto en el otro lado del teléfono. Quince minutos antes cuando Valentín colgó.

—Ya se lo han de haber echado.

—Ese Hall es bastante efectivo.

—¿Valentín hablaba de su querida...?

—Hermana.

Los dos pusieron un gesto de decepción.

Braxton cruzó la calle Naranja con su sombrero y caminaba cabizbajo y con las manos dentro de su pantalón y cuando giró su cabeza a la derecha, vio esa calle larga con las jacarandas que se abrían camino. De inmediato recordó la fiesta del día anterior. Le dio curiosidad de ver esa mansión de día. De la calle que cruzaba estaba el Club Magno.

—Falta relativamente muy poco para el campeonato. Debería de practicar más para poder parecer un jugador de ATP más.

Las columnas le parecían más pequeñas de día que lo que parecían en la noche, el pórtico de igual manera, todo era más bello y reluciente de noche. ¿Será por la emoción de escoger a alguien para él? o ¿por qué ya había conocido a una chica estupenda? Pero, esa oportunidad de tenerla ¿la había ya desperdiciado?

No sabía, pero si tuvieran otra fiesta, él iría a buscarla, no hablarle, pero si admirarla por un momento.

—No suelo reconocer todos los rostros que veo en los visitantes en mi casa, pero yo te vi ayer, ¿no es así, muchacho?

Una voz femenina ronca salió por sus espaldas.

Un auto bajaba a una señora muy bien arreglada y peinada, lucía de unos cuarenta y cinco años o menos, su pelo castaño era reluciente y su piel era bien cuidada, sus ojos color almendra lo miraban. Braxton se quitó el sombrero.

—Señora, perdone que esté mirando su hogar, pero me recordó lo exquisita que estuvo su morada la noche anterior.

—Agradezco, pero no hay nada que pedir perdón, sé porqué estás aquí. ¿Quieres pasar por una taza de té? Soy Matilda.

Se escuchaban sirenas de policía cerca entonces la invitación sonaba más que oportuna.

—Señora Matilda, la recuerdo muy bien y me hablaron de usted maravillas; le agradezco mucho, tal vez, en otra...

—Patrañas, muchacho y háblame de tú, sólo será un pequeño momento, los ingleses no le dicen que no al té.

—Es cierto —pensó.

Aceptó y los dos entraron, él más deprisa y Matilda miró ese movimiento. La puerta se cerró tras de ellos y él sintió un gran alivio. Nunca le gustó que la policía estuviera tras de él aunque no supieran quién era. Ya debieron de haber encontrado el cadáver de su víctima entonces, un asesino andaba suelto, más que nada el asesino de la banda de los Ríspidos y Seguros. Braxton miraba cada parte de la casa, mientras la Señora Matilda le explicaba la casa y su construcción, dos hombres de traje y sombrero negros la escoltaban. Llegaron al segundo patio en donde dos sillones de dos plazas color rosas se calentaban con un poco de los rayos del sol. Extraños sillones, pequeños, las personas grandes se veían chistosas ahí. Las patas de los sillones eran de latón. Fascinante moda. Una silla de color verde, de brazos acompañaba estos de color rosa y unas mesas de mármol con latón.

—Audaz decoración, no hay estilo, nada concuerda, pero se ve bien, Sra... Matilda —dijo Braxton siguiendo los demás muebles que eran más sillas de color azul y verdes.

—Sólo Matilda, querido. Me haces sentir como si de verdad fuera una anciana. Me las traen amigos, todo concuerda, todo es diferente pero, es «cohesivo.» Vamos, toma asiento, muchacho. —Se volteó para ver a un sirviente—. Arston, tráenos té negro por favor, leche y azúcar.

Braxton se sentó y se sintió por una vez en su vida inseguro, como esos días de su infancia cuando se sentía menos a lado de los adultos. La señora Matilda tenía un poder de desequilibrio mental e intimidación muy grandes, la casa ayudaba también. Ella lo miraba detenidamente luego volteaba a otro lugar y cuando Braxton la miraba otra vez ella lo seguía observando. Tenía que romper con ese juego de miradas.

—Tu casa es muy hermosa. —Comentó en voz baja—. Sabes, Matilda, yo vengo al Club Magno que está a lado. No sabía que había una casa.

—Sí, el Club Magno lo creamos mi difunto marido y yo hace ya 15 años ¿Juegas tenis?

—Sí, me encanta.

—Tal vez y te deba de presentar a alguien que es una tenista profesional..., ayer la casa estaba hecha un caos, ciento veinte personas tuvieron que hacer el trabajo de limpieza el día de hoy. Mi difunto esposo la construyó ya hace más de veinte años, por desgracia, Richard falleció hace año y medio de cáncer pulmonar, fumaba como nadie lo ha hecho en la vida jamás.

—Lo siento, Matilda.

—No tengas cuidado, y ¿tu nombre es...?

—Cierto, ¿dónde quedan mis modales? Braxton, Braxton Hall.

—¿De dónde eres, muchacho? Me refiero a qué parte de Inglaterra.

—Londres. Soy del barrio de Chelsea, pero sólo viví muy poco tiempo en Inglaterra cuando nos mudamos.

—¿Tus padres viven aún?

—No, señora. Sólo tengo una hermana, pero tengo tiempo sin saber de ella. —Ella lo fulminó con la mirada—. Perdona, pero me cuesta hablarle de tú a una persona mayor, es por respeto.

—Me seguirías respetando tuteando pero, como te sientas más tranquilo.

Trajeron el té en unas tazas de porcelana blanca y en una tetera dorada. El joven quiso servir, pero ella insistió en hacerlo ella misma.

—Te puedes retirar, Arston.

—Si no se le ofrece nada más, señora. Estoy a la orden —dijo el joven sirviente educadamente.

—Gracias. ¿Lo tomas con sólo azúcar o con leche, Braxton?

—Sí, por favor. —Ella volvió a poner los ojos en blanco. Se veía que estaba nervioso—. Ah, perdón, qué tonto. Con azúcar solamente.

Ella sirvió. Y le tendió la taza con un platito blanco debajo. Braxton lo tomó lentamente y dio un sorbo.

—Bien, como sabes o te han dicho me gusta mucho el servicio y el ser anfitriona, que las personas se sientan acogidas en mi casa y se queden con buen sabor, lo que siempre he querido institucionalizar con mi personal y lo hice con mis hijos, tuve cinco, sólo dos quedan vivos. Julio murió al nacer y fue el mayor, Jordi tiene ahora veintitrés años y se encarga del embarcadero, tiene un crucero; Iker murió en un accidente a los seis años cuando paseaba su bicicleta; Tobías tiene 18 años de edad casi, y va a estudiar todavía derecho, muy listo, pero algo malcriado; Roberto, murió en un asalto hace dos años, tenía tan sólo diecisiete. A veces los veo, a veces no, Jordi se casó y vive en otra ciudad al Este, con sus dos pequeñines. Tobías a veces me visita.

Hablaba naturalmente, sin decirlo con nostalgia o triste, como si lo dijera siempre en una conferencia y Braxton sintió compasión y tristeza por ella. Sólo dos hijos le quedaban.

—Lamento mucho estar escuchando esto. Pero, debiste de haber tenido a tus hijos muy joven, ¿verdad?

—Discúlpame si esto te hace poner triste, fue el destino y Dios lo quiso, me los quitaron para que nos cuidaran desde arriba, las cosas pasan por una razón. —Miró por la ventana hacia las tres estatuas de ángeles en el jardín—. Una por cada uno de ellos, cuidan el hogar y a la gente que está aquí. Y hablando de juventud, gracias por el halago, mi primer hijo lo tuve exactamente cuando me casé a los dieciocho años cuando mi difunto marido y yo construimos este humilde hogar. —Dejó de sonreír y posar y se acomodó mirando fijamente a Braxton—. Pero en fin, cuéntame ahora tú, vi que saliste de aquí con mi sobrina, Camila.

Braxton se incomodó en el asiento color verde pero la misma silla hacía que se sintiera atrapado y no pudiera pararse. Dejó de sorber la taza de té.

—Yo...

—Vi que se gustaron mucho, no por nada ella se marchó contigo, no lo había hecho nunca con nadie ¿sabes? *Picarona...* —se rió—¿quién le habrá enseñado eso?

—¿Se refiere a que nunca se había marchado con alguien desconocido?

—Virgen.

—*¡Oh Dios!* —Se tapó la boca con la mano—. Perdóname, no era mi intención, y ahora me siento de lo peor —dijo Braxton temeroso.

—¿Por qué, hijo? ¿Ella vio en ti el amor de su vida, no lo hubiera hecho... o sí? *Picarona* —se rió de nuevo ella y su cara de mujer expresaba lujuria divertida—. Además ya tiene edad para eso.

—Yo no quería, pero es que de verdad, ella...

—No entiendo nada, explícame todo desde el principio. —Le sonrió para tranquilizarlo pero el sillón donde Matilda se sentaba, el color vino estaba colocado enfrente de él y ya se sentía cuestionado—. Tranquilo, puedes contarme, conozco muy bien a Camila y no le diré que pasaste por acá, al menos que quieras que te ayude.

No se lo contaría a nadie jamás, menos a un familiar de ella, pero la Señora Matilda hacía que él se sintiera en confianza. En su naturaleza no estaba el expresar sus sentimientos.

—Esto es muy complicado, Matilda. Nos fuimos a mi apartamento anoche, la pasamos bien, bebimos y luego platicamos de cosas muy banales y tontas, el jazz sonaba y era una atmósfera totalmente placentera y la hacía reír, cuando sólo soy una persona irónica o que critica, no soy divertido, nunca había pasado eso y no lo tomes a mal... pero yo he llevado a varias chicas a mi apartamento. Tuvimos sexo y al día siguiente la corrí de mi casa diciéndole que no podía tener sentimiento alguno con ella, que no le convenía..., fuma, y eso no lo soporto, el cigarrillo...como te comento... es complicado.

—Ella se marchó llorando y deseándote lo peor, asumo. —le dijo Matilda terminando la oración.

—Sí, asumes bien, pero yo no sabía y no quería lastimarla, resultó ser una niña muy buena. Por lo general nunca me arrepiento de hacerlo, porque tengo mi escudo de seguridad. Me es fácil desprenderme de cualquier lazo.

—No te reclamo nada, puedo entenderte. Me recuerdas a un novio que amé demasiado, Garrison. Estaba con el padre de mis hijos todavía y salía con él. —Braxton puso los ojos de plato. *Pirujona*—. Fue de mis primeros amores reales, un auténtico Dandy. Hermoso, bien vestido, con clase, pero testarudo, frío y rígido, moría por él y ya que él no quería tener algo serio conmigo; no pude dejar a mi Richard, pero era mi debilidad. Mil veces me abandonó y mil veces regresé arrodillada a él. Tanto poder que tenía sobre mí. Murió asesinado, muy joven. Otra época, diferentes tiempos, todo se entrecruzó. Complicado.

—No sé qué decirte... pero creo que, si de debilidades hablamos, puedo comprender. Tuve algo parecido.

—No esperaba respuesta, pero piénsalo, no tienes porqué ser frío y distante con Camila, si te gustó y tuvieron buena química, deberías de buscarla. Si escuché bien, me dijiste que usabas un escudo, pero empiezas a tener indicios de que ese escudo se deshace por un enamoramiento...

Braxton en su mente sabía que eso era mentira, ya se había enamorado una vez y fue mal correspondido.

—No puedo, la destrocé emocionalmente y además no estoy hecho para relaciones, no le convengo. Soy algo... complicado.

—¿Qué puede ser tan «complicado» de ti que no quieras estar con una chica tan hermosa y linda como ella?... no se diga, inteligente.

—Exacto, si es inteligente, se alejará de mí. Mi profesión.... no deja que yo tenga relaciones. —Matilda se quedó pensando y sirvió más té—. Viajo mucho. —Siguió mirándolo y pensando.

—Ella puede esperar, lo que sea que hagas, si ella te ama, respetará lo que haces. Invitala a viajar contigo, compartir con alguien aventuras, estrechar lazos, es muy lindo.

Él se quedó pensando y visualizó, más allá de la belleza externa, el cómo congeniaron.

—Le gusta el swing, como bailamos, me gusta mucho, sus ojos en la mañana... son demasiado hermosos. —sonrió tontamente al recordarlo—. Pero, hay otro asunto...

—Lo sabía, detrás de ese hombre reacio y serio hay un romántico empedernido. ¿Y qué otro asunto hay? —Braxton torció el gesto y luego pensó.

—No puedo tener relaciones con ninguna mujer... es algo complicado —Repitió.

Matilda ya estaba hasta la coronilla de escuchar «complicado» quería abofetearlo y correrlo de su casa pero en él veía una misión de vida entonces lo tenía que retener.

—Si te gusta, la buscarás y resolverás eso complicado que tienes. Tienes que conquistarla ahora, decirle que lo sientes, exprésale lo que sientes, ahora recupérala, ese amor que surgió ayer no se puede olvidar. No hay nada más atractivo que un hombre con convicción, con sentimientos y que sabe cuándo pedir perdón.

Dejó de pensar en las complicaciones de su vida y se enfocó en Camila.

—Pero, ¿cómo la puedo encontrar? —preguntó.

—Ella siempre me visita a las 8 en punto con su padre, mi hermano, todos los días, aunque su padre ya no viene mucho, ella a diario me visita pase lo que pase. Puedes venir.

—Pero no quisiera interrumpir su tiempo de calidad en familia.

—No interrumpes, ella viene con mucha más gente, conocidos, que se la pasan aquí y disfrutan de un buen té o whisky. Ven mañana y recupérala, hijo.

—*Okay*, lo haré, Matilda. Te agradezco muchísimo, pero, ahora si tengo que marcharme que se hace tarde interrumpí un deber. Mañana nos veremos por aquí. Gracias por el té.

—Cuando gustes, es tu casa, puedes tomar el té que gustes, y jugar tenis. Te veo mañana, hijo.

Braxton se puso su sombrero y salió por el atrio con una sonrisa y silbando una melodía swing.

4:06 pm

Caminó a la cabina del teléfono más cercana, la que usó unas horas antes el difunto Valentín, había manchas de sangre. Braxton se aseguró de no tocar nada sin guantes. Marcó el teléfono. Atendieron.

—Está hecho.

Esta vez se escuchó un suspiro.

Braxton frunció el ceño, nunca había escuchado nada del otro lado del teléfono.

Mauricio Warrô

Colgaron.

7. Reencuentro

Al día siguiente.

La policía ya tenía algunas evidencias de la escena del crimen de uno de la banda de los «Ríspidos y Seguros». En el piso de la mamposta entre la sangre y los charcos de whisky había huellas de zapato de una medida de 9.5 UK – 10.5 US. El jefe de policía, McCormis hablaba con Roidriguez, uno de sus súbditos del cuerpo policial.

—Creo que esta medida ya la habíamos visto. Necesito que busques más información acerca de este sujeto que calza del 10.5.

—Si, jefe —le respondió Roidriguez.

—Roidriguez, creo tenemos a un asesino que sólo se dedica a matar a los de la banda de los «Ríspidos.»

—«Y seguros.»

—No tanto, pero sí creo que se dedica a acabar con ellos.

Afuera de la casa de la Señora Matilda.

7:58 pm

Braxton sentía nervios, claro, se le percibía. Se desabotonaba el último botón de la camisa, se acomodaba la corbata, sentía que le apretaba. Se volvía a abotonar ese último botón, se peinaba hacia atrás su larga cabellera rubia. Respiraba fuerte, miraba las columnas y hablaba solo. Agitado, resoplaba. No sabía ni a que iba a ese lugar, sólo la quería ver.

—Vamos Brax, es una chica, únicamente una chica que ya tuviste sexo con ella. Sólo es verla, pedirle perdón e invitarla a bailar una noche de estas, sí, con tus pasos increíbles te perdonará. Tal vez y con una ginebra o dos, ella caiga rendida otra vez en tu apartamento y esta vez…

Unas personas se le atravesaron rudamente y lo empujaron. Se desconcentró. Pero por fin entró a la casa. Para su suerte, había más personas como había dicho la Sra. Matilda, ella dijo que le gustaba tener siempre personas en su casa, la gente volvía por la hospitalidad que servía ella. Nadie se fijó en él, lo cual no le importó mucho. todos conversaban y se atendían a sí mismos.

—Que gente tan extraña —Pensaba Braxton al ver que eran personas que pocas veces se podían ver en la calle. Los atuendos, la forma de caminar, los peinados, las risas…—. Vaya circazo hay acá.

—Me da gusto verte de nuevo, hijo. Por favor no te distraigas con mis invitados, no son nada a lo que verás en unos días, a esa fiesta sí estás invitado –dijo sarcástica y Braxton esperaba que se riera, pero no lo hizo–. Mi sobrina te espera sentada junto al balcón de su recámara.

--¿Ella sabe de mí? ¿qué- qué- e-estoy acá? —Tartamudeó al sorprenderse con la extravagante Sra. Matilda que llegaba a saludarlo con singular gracia y decirle que Camila ya lo esperaba. Su peor era saber qué le dijo todo lo que hablaron y ahora él parecería un débil enamoradizo.

—No te preocupes, no sabe nada, la dejé sola por un momento ahí. Anda ve. Ahora les llevo el té.

—Mas bien Gin, no sé que voy a hacer cuando la vea.

Tragó saliva y caminó hacia las escaleras. Prosiguió por el pasillo, sólo había una recámara que tenía balcón que diera al jardín en esa zona, el cual no fuera el del gran salón y era la habitación segunda pasando la puerta de los arcos y el pequeño vestíbulo con libreros, una mesita y dos sillones. Abrió la puerta y las ventanas estaban abiertas revoloteando las cortinas con el aire, se posaba una silueta que observaba sentada el gran jardín.

Es sólo una chica... pero ¿por qué sudo tanto y frío? ¿Cuánto maldito calor hace en este lugar? Pensaba

Tímido por el pánico y ajustando su corbata en su chaleco color camel, entró al balcón removiendo las cortinas y ahí la vio, sentada, con la calma, observando con sus ojos azules y su piel blanca el jardín, con un vestido ceñido de seda azul cielo. Lo primero que vio en su rostro fueron sus labios gruesos y rosas. Él se mordió el labio en respuesta.

—¿Camila?

Ella volteó a verle, sólo giró su cabeza y se sorprendió. Lo primero que dijo y además de poner los ojos en blanco, pero en tono divertido fue:

—¿Qué...haces... tú... aquí?

—Tu tía, Matilda, me dijo que podría encontrarte aquí.—Él muy serio y muy propio, se acercó.

—¿Cómo conoces a mi tía?

—La conocí ayer, estaba...

Camila con delicadeza y con aire de darle una segunda oportunidad a ese muchacho apuesto que la ha venido a visitar cobró una postura pacífica y dio pie a la conversación.

—Entiendo que puedes estar enojada, es comprensible, pero el motivo de venir a este lugar es encontrarte y ofrecer sinceras disculpas, ¿puedo?

Camila hizo la señal de que se podía sentar en la otra silla que estaba de lado de ella, lo miró a los ojos, vio que estaba siendo sincero. Pero alguna parte de ella seguía enojada por su actitud desagradable de esa noche.

—Puedes acercarte, pero, lo dejaste muy claro, no hay nada entre nosotros y disculpa aceptada. —Su cara de niña estaba llena de madurez y sabiduría—. Ahora, me puedes decir si aparte de la disculpa, ¿vienes a algo más?

—Lo sé, sé lo que dije y mi actitud es reprochable —Se sentó, ella se incómodo y perdió la pose de descanso y la cambió por una defensiva—. Y... vengo a redimirme, quiero invitarte por una copa... un día.

Ella se quedó inexpresiva, seguía dudosa, le gustaba el hombre, era evidente. Pero ella tenía una convicción en su vida y era el saber quién era Camila Roan y esa mujer nunca les daba paso a las segundas oportunidades. Una tercera oportunidad estaba fuera de la mesa. Frunció el ceño y ella apartó la mirada de él. Braxton miraba su rostro tan gentil y bello, su tierna mirada le era irresistible.

—Hay varias cosas que nunca toleraré en la vida. Una, son las mentiras; dos, las infidelidades y tres, los cabrones.

Braxton se levantó de la silla, se acomodó el chaleco y se paró junto a la ventana.

—Mi padre me contaba una historia cuando era pequeño, una princesa rescataba un pequeño conejo, que encontró un día en el bosque, el pequeño no tenía familia y tenía la pata rota. Lo llevó a su casa, lo cuidó y esperó a que sanara, pero los reyes, sus padres, no querían que tuviera animales ya que era propensa a morir de un virus que cualquier animal silvestre portara, así que se lo arrebataron y la princesa lloró y lloró desconsoladamente. Quiso a ese conejo como a nadie, lo quería acariciar a diario y no le importaría morir con él, así que juró que, si lo encontraba un día, lo mantendría en secreto. Volvió a salir a escondidas de su castillo semanas después y ahí lo encontró, al conejo. Lo llevó a su casa y lo escondió en su cuarto. Pasaron semanas y la pequeña princesa no salió de su cuarto, cuando los reyes mandaron a abrir el cuarto, ahí estaba la princesa descansando ya muerta y el conejo encima de ella.

—¡Pero qué triste y terrible historia! ¿Por qué te cuentan eso? ¿Y que tiene que ver esa historia conmigo? ¿Escuchaste lo qué te dije? —preguntó ella angustiada.

—Ninguna, sólo quería estar más tiempo aquí y no sabía qué más decir. Y sí, escuché todo.

Camila sonrió levemente. Le pudo cambiar su rostro a uno más amable.

—No vuelvas a contar eso. Está pésima.

—No lo haré, pero déjame quedarme aquí contigo, me quiero disculpar, de verdad.

—Si te quedas. tienes que ser sincero hoy y siempre conmigo, Braxton Hall. Borraré que quizás si seas un cabrón. No soy cualquier chica de esas con las que te acuestas. De verdad a mi me costó mucho asimilar que no siguiéramos saliendo ni que propusieras matrimonio, ya sabes, como la costumbre manda, de verdad para mí fue como conocer un lechuguino cabrón más.

Braxton al escuchar la palabra «matrimonio» apretó la dentadura y se puso tenso, pero le dio la razón y lo dejó pasar. Cabrón ya lo había escuchado repetidas veces. No le afectaba.

—Si, entiendo, mantendré este pacto de honestidad, y sé con quién trato ya. Mereces algo mejor. Prometo no tener promesas.

—¿Qué significa eso?

Braxton se quedó callado y se acercó más a ella, tomó su mano y ella la dejó descansar en la de él.

—¿Viajas a menudo? –preguntó ella.

—No

—¿Trabajas en el puerto o aquí en la ciudad?

Él se quedó pensando en qué honestidad ya empezaba, pero no podía decirle toda la verdad, tenía que omitir datos. Ser un «chico bueno».

—No.

—¿A qué te dedicas?

—No te puedo decir, por tu bien.

Ella puso los ojos en blanco y se incomodó. En ese tiempo llegó una persona del servicio con varios vasos de cristal, una botella café de ginebra, agua tónica en otra transparente y en otro recipiente había romero y frutas. Otra persona cargaba una bandeja con una tetera y dos tazas. Él al mirar ambas bandejas recordó las bebidas del Club Magno que combinaban el té y la ginebra.

—Jóvenes, sus bebidas. ¿Qué le servimos, Srta. Roan?

—Para mí sólo té. Una cuchara de mascabado solamente.

—Muy bien, ¿para Ud. Joven?

—Un gin and tonic, por favor, si es tan amable.

—Por supuesto. —Atendió el joven servil y la otra persona ayudó a preparar para dárselos.

—Disfruten, con permiso.

—Propio —respondió Camila. Se volteó hacia Braxton—:No va a funcionar, tienes que ser sincero. ¿Qué puedes hacer que sea tan malo? Y ¿Qué es eso de «no prometo hacer promesas»?

—Nada, no es nada, tú no te preocupes que todo es genuino ¿Podemos sólo... salir?

—Me tienes que decir la verdad para salir. Si sales conmigo lo que resultará es un anillo aquí. —Le señaló su dedo corazón y él lo pensó, una y otra vez... pero no pudo hacerlo.

—Lo siento, no puedo.

—Pero no...

—Camila... Sólo omitamos esto y sigamos conociéndonos de otra manera, tengo miedo que por mi trabajo, por como soy, no pueda seguir viéndote.

—No lo hagas entonces, la omisión es prima de la mentira, ya llegará el tiempo en que seas sincero y estemos juntos. Cuando llegue ese momento pues, podemos platicar. Eso si no es muy tarde y *ya te bajaron el changarro, chiquitín.*

Frunció el ceño. Braxton quería decírselo, «Soy un asesino, mato gente por dinero.» Pero no pudo. Algo en ella quería que él fuera otro hombre, uno bueno y dedicado, pero su verdadero ser, su profesión y lo que ha sido, le decían que no estuviera con ella. Tomó un largo sorbo a su bebida y ella delicada lo miraba tomando su taza de té.

—¿Qué té tomas?

—Es un *Oolong citron*, muy perfumado y refrescante, aún siendo caliente. ¿Cómo está la ginebra?

—Rica. Veo que la botella tiene un sello del Club Magno, ¿la hacen aquí?

—Sí, mi tía y otro socio preparan la ginebra en este mismo lugar. ¿Conoces el Club?

—Sí, vengo habitualmente a jugar tenis con amigos y a tomar un ocasional trago después.

—¿Eres bueno?

—¿Tenis?

—Ajá.

—Sí, muy bueno.

—Un día, quiero competir contigo.

En eso, Braxton prestó atención a la ropa que estaba extendida en la cama *King* y era un atuendo blanco de tenista y era el de ella. Recordó que, la Sra. Matilda le iba a presentar a alguien que era profesional, se refería a su sobrina.

—Me parece excelente día, el que pierda paga la ronda.

—Sí, trato hecho. Trae efectivo ese día y ahora, continúa con nuestra conversación.

Tomaron los dos de sus bebidas simultáneamente.

—Entiendo, dame tiempo y vendré a verte y te lo diré. Por ahora, sólo te pensaré y te tendré conmigo, bella Camila.

Le besó su mano y se apartó.

—Siempre estoy a la misma hora y en el mismo lugar, te esperaré, Braxton Hall. La siguiente vez que vengas ponemos fecha a nuestro compromiso con las raquetas.

Al pasar por la ventana, la Sra. Matilda entró.

—Veo que están contentos, ¿Cómo están sus bebidas, queridos?

—Lo siento, pero me tengo que marchar, agradezco el gesto y la hospitalidad, pero tengo cosas que hacer.

—Pero si...

—Tía Matilda, gracias, pero Braxton se tiene que marchar, pero prometió venir pronto a tomar té con nosotras.

—Espero con ansias eso, hijo, ten cuidado. Te esperaremos cuando decidas regresar, es tu casa.

—Gracias, nos veremos pronto. Con permiso.

Se marchó pensando en el lío que ahora tenía, quería estar con ella, y su profesión le impedía eso. Estaba conflictuado. No sabía si podía enamorarse de otra mujer, no alguien tan diferente a lo que le gustaba. Tenía miedo. Sólo se sintió aliviado de no decirles a qué se dedicaba.

Cuando abrió la puerta del departamento un sobre con su nombre lo esperaba, lo abrió y dos tarjetas le mostraban nombres, que serían las siguientes víctimas:

Pedro Gaviria y Vicente Roan

Muy pocas veces le llegaban dos objetivos. Alguien se aclaraba la garganta. El volteó a ver a la mujer que estaba parada en la cocina mirándolo fijamente.

—Andrómaca.

8. Andrómaca

Cocina del apartamento.

11:00 pm

—¿Asombrado de verme, Braxy?

Él la miraba y era como ver un tesoro perdido, era asombroso verla, pero al mismo tiempo le causaba horror.

—Sí. Ha pasado ya bastante tiempo.

—Sé que me extrañas, querido. Por eso vine a visitarte.

Ella se acercó con sus grandes tacones, su vestido negro corto y escotado dejando ver la debilidad más grande de Braxton. Tenía piernas largas, su piel era clara y su melena rubia que brillaba en la luz del departamento. Le dio un beso en la boca y lo detuvo tomándolo de la barbilla, le sonrió diabólicamente mordiéndose el labio y se sentó en la mesa para verlo. Braxton se desacomodó la corbata y se recostó también mirándola.

—Tengo que tomarme un vaso de ginebra para esto. —Se levantó y se fue al bar a sacar una botella y con cítricos se sirvió en las rocas uno. Ella lo miraba detenidamente, él sentía fuego que quemaba en esa mirada—. ¿Supongo que tú también tomarás uno?

—Supones bien, querido. Me encantan tus ginebras.

Braxton le seguía la mirada, pero se llenaba de preocupación y en su mente se generaban dudas. ¿Qué hacía de verdad Andrómaca en su apartamento? ¿Cómo pudo entrar así de fácil? Ya había cambiado la chapa desde que terminaron... ¿Cómo...?

Lo llevó al momento en que la conoció, un vago recuerdo cuando él salía de LaGuerta por la noche, cuatro años atrás. Había sido el mejor asesino a sueldo de la temporada y celebraba en ese café tomando espresso y ginebra, una bebida llamada Supersonic Gin & Tonic. Convivía con dos camaradas suyos y en eso una mujer destellante pasaba a lado de él, en su vida había visto un espectáculo hecho mujer pasar delante de él. Su pelo rubio agitándose, su piel blanca y tersa con una perfección, sus ojos rasgados color gris, su pequeña nariz, sus labios grandes, su gran estatura que debería de rebasar el 1.80 en tacones, sus curvas bien delineadas en ese cuerpo y en esos vestidos espectaculares, su forma de arreglarse tan detallada y como resaltaba todo aspecto para parecer de otro mundo. Su forma de caminar como si estuviera en una pasarela. Cuando sus ojos se cruzaron con los de ella, él entorpeció y decidió irla a buscar.

¿Cómo puede la mujer más atractiva de la ciudad estar con él? La fortuna de ella también era de las más grandes. Andrómaca Jouetrrier, junto con su familia, era de las mujeres más ricas de la ciudad y posiblemente del país y tal vez de Europa. Se presumía, Braxton lo sabía, tenían el negocio más grande de champagne de todo Francia. Aunque Andrómaca vivía en Estados Unidos y sólo visitaba Francia de vez en cuando.

Cuando comenzaron a salir, la condición que puso ella era no enamorarse del otro. No establecerán lazos a un romance formal y serio, sería meramente casual, pero Braxton tampoco podía tener una relación con ninguna otra mujer ni hablar de Andrómaca con ninguna otra mujer. Era el misterio en la relación, pero eso, a Braxton le parecía irresistible. Lo prohibido que era esa mujer y en parte, el ser como su pertenencia de una mujer con altas convicciones, clase y extremadamente inteligente.

Se veían en cafés, restaurantes, hoteles lujosos, en el apartamento de Braxton... pero, nunca en la casa de ella. Era muy reservada. Ella siempre le decía que su familia era muy privada y no les gustaba tener visitas. Las platicas eran interesantes y el sexo lo era absolutamente todo. Para Braxton, el sólo ver a Andrómaca, con su simple presencia, irradiaba sensualidad y pasión. Braxton se terminó enamorando de ella...

No podía tenerla, así que, para seguir con ella, continuó cegando su corazón de la realidad y seguir en lo casual de su relación. Después de ella, él solo podía estar con mujeres casualmente, no podía olvidar su amor por ella. No más de una noche por chica. Pero aquí la complicación no terminó... Andrómaca era demasiado celosa con él aún estando separados, así que debía ser muy reservado con sus «encuentros de una noche». Con bastantes mujeres con las que había conectado, ella lo amenazaba con hacerles daño o salir de su vida inmediatamente de una manera nada agradable. La mujer centelleante, era peligrosa, tóxica y lo tenía atado de brazos.

¿Qué podía hacer ahora que le estaba gustando algo totalmente contrario a ella, algo que ahora sí puede trascender, una posible relación de pasión y amor puro y tal vez, una familia?

La mujer más tóxica de la ciudad, que, tras la sala, sentada en la mesa de café, le miraba profundamente.

9. Negocios sin terminar

Apartamento

11:15 pm

Braxton le entregó el vaso con la ginebra a Andrómaca que esta recibió con poco o nada de ganas y se lo tomó de golpe y le entregó el vaso de vuelta.

—No me gustó. Haz otro.

Braxton como fiel sirviente se levantó y comenzó a servir uno nuevo. De pronto, comenzaron a tocar sus zapatos perlas blancas y este al voltear a ver que pasaba, vio a Andrómaca patearlas desde la sala con su tacón.

¡Oh, Dios, oh Dios, no, las perlas del brazalete de Camila!

Se acercó rápidamente a la barra y lo confrontó.

—¿Sabes que tenemos un acuerdo, verdad, Braxy?

—Lo sé y no es lo que piensas —dijo él temeroso y dejando a un lado la ginebra que se derramó en la barra.

—Bueno, explícame qué es lo que parece. Porque... pareces muy nervioso.

A dos centímetros de él, la rubia iracunda lo miraba.

—Es sólo una chica que me encontré en una fiesta y la traje aquí, nada de qué preocuparse. Ya sabes, cosa de una sola noche.

—No, no lo es. Es algo más.

—Bueno y dime tú ¿Qué es entonces? —Braxton se puso al tú por tú.

—Te di oportunidad de explicarme, la siguiente me voy.

Hasta ese momento, no era buena idea que se marchara, siempre la había necesitado, pero ahora sonaba a una excelente idea.

—Pues adelante, fue mentira, ahí tienes la puerta.

Andrómaca sacó humo por las orejas de la rabia, le había dolido ese comentario y el perro fiel de Braxton ya no era el mismo necesitado de ella.

—Tenemos un trato, Braxton, nada de involucrarse con otras chicas. Me perteneces.

—¿Qué mierdas es eso de «me perteneces»? ¿Y con qué a eso viniste? A reprocharme eso, cosa que se me hace bastante irónico porque... ya tienes bastante sin hablarme y verme... ¿Cuánto será? ¿Dos meses? ¿Más?

—Sí, más. Pero aún así no es justificación. No puedes estar con ellas. Hay exclusividad. Nos pertenecemos. Somos Braxy y Andry. —Le sonrió tierna pero era como ver a una excelente actriz interpretar un buen papel.

—Ya no hay nada, eso ya no existe, nunca lo hubo, Andrómaca. Siempre me quitaste eso. Yo...

Lo miraba atento y Braxton comenzaba a sacar su lado sentimental. Pero era jugar a la víctima.

—Acordamos hacerlo así, Braxton, así que por favor, querido... ya no te metas en líos. Por tu bien.

Le dio una pequeña palmada en la mejilla. Y ella le dio la espalda.

—¿Te marchas ya?

—Vine solo a avisarte. Tengo asuntos pendientes.

—Ah ¿No te quedas esta vez?

—No, te has portado mal. Y creo que te llegó el correo.

Vio la carta con los nombres y se alarmó. —*¿Dos? Pero ¿Por qué lo mencionará?*— Se preguntó. Cuando ella se despidió pensó que todo lo que está pasando es una injusticia y que, si ella jugará a amenazar, no podría estar con alguien. Debía de hacer lo posible porque ella también cayera en su juego también. Aunque él ya no quería tener intimidad con ella y deshacerse lo más rápido, jugar el juego era lo más efectivo.

Se levantó. Dejó su ginebra, rápidamente caminó y la tomó por la espalda, tomándola de la cintura besándola por el cuello, detenida contra la puerta y levantando su falda y tomándole el culo para bajarle las bragas. Ella se perdía en él, tal vez y no era lo que buscaba, pero sentía cosas por Braxton y era lo que esperaba, que él le llegara y la hiciera suya de nuevo.

10. Consultoría a las 8

Apartamento

9:00 am

La cafetera Moka en su estufa empezó a derramar esa deliciosa crema de su primer espresso.

El café tiene la misma reacción que la cerveza y es que el hacer procesado bajo presión para convertir el grano en polvo se genera dióxido de carbono y este al calentarse y sentir la presión con el agua hace que se genera la reacción de una ligera capa de espuma o lo que llamamos «crema» en el café. Sinceramente, la parte más deliciosa del espresso.

Braxton tenía otro trabajo, y era una parte de él que sabía ocultar muy bien. Él creía que matar no era nada bueno, aún fueran personas malvadas, así que su forma de balancear su vida entre el bien y el mal, era haciendo caridad a los demás. Su trabajo social era ser consejero personal o como él le llamaba: Consultor.

Se veía en Café LaGuerta a las 8 los días con cita con personas a hablar de sus problemas y Braxton ayudaba a remediarlos. Tenía que encontrar esa luz al final del túnel con esos problemas.

Con su experiencia desde los dieciocho años como mercenario, había leído muchos libros de psicología y superación y esto lo hacía más que nada para conocer a sus víctimas y nunca perder la cordura con lo que hacía. Se hizo un hombre astuto, inteligente, de corazón frío, pero también con una mente sana. Pero curiosamente, todas sus clientes eran mujeres jóvenes. ¿Camila y Andrómaca sentirían celos? sí, probablemente. Las chicas no eran feas y la gran mayoría, 8 de 10, se perdían de amor con Braxton; pero él, claro, como lo fue con Camila, les decía que no se podían involucrar con él y que era meramente una relación profesional consultor-cliente. Aunque ya había pasado en fiestas o en bares speakeasy, Braxton se había enredado con una que otra que encontraba suculentamente atractiva.

—*No más enredos, ella es cliente.*

A estas chicas no las conocía, él puso su anuncio en el periódico de:

Consultorías Gratuitas

¿Tienes problemas del corazón o con tu profesión y quieres resolverlo mientras te tomas un té o un café?

Agenda una cita con el profesional a la dirección:

Calle Salmón #135 int 3 con tus datos y te responderemos con la confirmación.

Le mandaban una carta con lo que se trataría la charla a su puerta, él les confirmaba con otra carta con el día y la hora: Café & Bistro LaGuerta a las 8, puntual, y se presentaban.

La chica de ese día se llamaba Marie, ascendencia francesa, 23 años, se describió como «bajita de 1.65 m» pelo rubio, ojos azules grandes, piel tostada e iría de vestido color rojo vino. Era su tipo de mujer y esperaba que esa mujer no fuera escotada y no tuviera grandes tetas.

Suspiró en la ventana viendo las nubes en el cielo y como pasaban los coches rápidamente.

Café LaGuerta

8:00 pm

Ahí estaba sentado él leyendo el periódico, con un traje azul marino de dos piezas, usando un chaleco color gris plata de botones negros, su reloj de bolsillo dorado en una bolsa de este, zapatos negros bien lustrados de agujeta, camisa blanca sin corbata y su pelo rubio bien peinado hacia atrás. Como la chica que venía era francesa, esta vez después de pedir su espresso pediría una botella de champaña, ya que en LaGuerta siempre tenían escondidas varias y se le antojaban.

—Solamente que no sea una Jouetrrier.

La chica llegó, tímida buscándolo desde la calle y sin saber quién era, solamente se sentó, cruzó sus piernas que no eran delgadas, a Braxton le gustó el color de su piel, su pelo corto y rubio iba bien peinado y llevaba un sombrerito color negro. Se tomaba la barbilla y sus ojos azules se iluminaban buscando a su consultor. Un mesero le tomó la orden y ella pidió un café americano.

Braxton se paró y fue a la mesa de Maïté. Ella lo miró feliz.

—Hola, tú debes ser Marie.

—Sí, y tú debes ser el consejero...

—Me puedes llamar Him. —Se inventó un nombre por si alguna vez Andrómaca se enteraba de sus encuentros o quizás la policía lo buscara, ellas no se alarmarían que se encontraban con un asesino a platicar. Sólo un «Him» que daba consejos desinteresadamente y tomaba champaña.

Ella no le cuestionó eso.

—Muy bien, Him, gracias por reunirte conmigo.

Su voz era grave y dulce a la vez. Sus ojos eran muy grandes y parecían faros de luz, aunque de diferente manera que los de Camila, los de la francesa eran más redondos y de un azul más profundo. Los ojos verdes de Braxton en comparación parecían minúsculos.

—¿Ordenaste ya algo o te pido algo...?

—Café.

—Muy bien. —Tomó de su copa de champaña y la miró detenidamente —. ¿Cómo ha ido tu día, linda?

—Bien, pues trabajar, estudiar un poco leyes y seguir mi camino, ya sabes. —La veía perdida, aburrida y con muchas ganas de vivir.

—Excelente, ¿Quieres ser abogada entonces?

Le trajeron su café y ella tomó la taza blanca con ambas manos, curiosamente Braxton miró el logo de LaGuerta en tonos dorados en la taza.

—Sí, ya no quisiera trabajar ahí en la fábrica.

—Persigue tus sueños, siempre debes de vivir una vida con una sonrisa, nunca de otra manera.

—Sí, lo sé, pronto estaré en ese lugar. Pero, lo que pasa —Se encogió de hombros y Braxton la miró con ternura—, mi novio... es muy romántico... no sé qué hacer.

Pregunta que no supo qué responder pues él era un romántico y nunca le había visto lo malo a eso.

—¿Romántico dices?

—Sí... —siguió encogida de hombros.

El café le parecía bastante soso y llamó al mesero.

—Ricky, tráeme un carajillo, por favor, para ella.

—¿Carajillo? ¿Qué es eso?

—Ya verás. Ahora sígueme platicando, esto de qué él es romántico ¿es algo malo o bueno, linda?

—¡No sé! Y me siento asustada y nerviosa pues, no sé cómo actuar ante eso si yo nunca he sido una romántica.

Trajeron el carajillo.

—Anda, dale unos buenos sorbos a eso, es café con licor.

Braxton sabía cuándo tenía que desinhibir a sus clientes para hacerlos soltar todo y aconsejarles mejor. La clave era el alcohol en las bebidas. Ella tomó.

—Sabe muy bien. Gracias, Him.

—Por nada, ahora, mira, ¿Quieres a tu novio?

—Sí, Arthur, es muy lindo, pero... me asusta que sea tan serio y formal con esto. No sé si él está de paso por la ciudad y eso me aterra, que sea tan bueno y lindo; y qué, si se va, pueda dejarme una enamorada.

—Ya...

Ella tomó rápidamente del vaso del carajillo y casi lo dejó en hielos y espuma. Braxton sirvió más de su botella en la copa.

—¿Y has hablado de esto con él?

—No...

Se terminó su carajillo encogiéndose de hombros. Encargó otro igual al mesero.

—Deberías. Claro, si lo quieres.

—No soy así, Him. No soy de esas personas románticas y lo peor de todo es que no quiero hacer el amor con él porque qué pasaría si sí se va, me enamoro de él y me quedó así, como una tonta. Yo me enamoro cuando tengo sexo. Pasó así con mi ex prometido.

—*Más razones para no enredarse con ella, se enamora al coger.* —Pensó él para sus adentros.

—Cuando tienes sexo, sí, creas un gran vínculo con la persona. Yo recomiendo siempre tener sexo con tu pareja una vez conociéndola y sabiendo que te gusta mucho. De lo contrario, con el sexo al principio es difícil desapegarse de esa persona si la llegaras a encontrar mala para ti. —Llegó el otro carajillo y ella lo tomó lento esta vez mirándolo y escuchándolo—. Se ve que eres una niña muy dulce, y si de verdad te gusta tu novio y crees qué es amor, deberías de entregarte a él. Es como si en tu nueva carrera y trabajo como abogada no quisieras entrar ahí porque piensas que después de tu pasantía te pueden correr. ¿Me doy a entender aquí?

Ella lo miró a los ojos y sonrió.

—Tienes razón, aunque me gusta como piensas y eres directo, como me ves a los ojos y me dices lo que quiero escuchar.

No coquetees, no lo hagas, niña. Él asintió y se acomodó en la silla.

—Digo lo que pienso deberías de hacer. Habla con Arthur y explícale lo que sientes. Para el amor, uno se debe de entregar y nunca esconderse en una cueva. Ahora, si su destino es irse, puedes irte con él o esperarlo, no sé… todo depende de la plática, pero por lo qué me dices que es un romántico, hará todo lo que está en sus manos para tenerte cerca. Mi consejo siempre es hacer lo que te plazca. Mucha convicción. —Sacó su puro—. ¿Te molesta si…?

—No, me parece atractivo.

Oh, Dios no. Dejaré de sacar el puro ya. Lo encendió y fumó.

—¿La vida puede irse de tus manos si no haces lo que quieres…? —preguntó ella sin verlo a los ojos y tomando de su carajillo.

—¿Hablas de que se te puede escapar de las manos si no haces lo que te apasiona? Cómo si la vivieras en automático, quizás.

—Sí, exacto. Un día puedes despertar y ya tienes 45 años y no has hecho nada de tu vida.

—Claro, entiendo. Yo desde pequeño lo supe. Hay que hacer lo que te apasiona si no, viviste otra vida que no fue la tuya.

—¿Sólo te dedicas a dar consejos, Him?

Pensó detenidamente en qué decir.

—Sí.

—Excelente.

—Yo creo que la vida se te puede ir, claro, en qué piensas y piensas en lo que quieres hacer, qué hacer, qué sueños tienes, que metas, que negocio emprender, pero la verdad es que nunca lo haces por miedo principalmente o te faltan recursos así qué pones excusas para auto sabotear tu vida, haces lo que sólo tienes a la mano, lo fácil, lo cómodo. Entonces se te va la vida así, y cómo dices, un día despertarás ya viejo y pensarás en lo que hubiera sido de tu vida si hubieras perseguido tus sueños. Pero no pasa nada, cada quién vive su vida como debe ser vivida y no hay que juzgar porque no se persiguieron los sueños. Si son felices, adelante, sino pues es su problema. Por lo único que te debes de preocupar es tu vida y no vivir la de los demás.

Ella estaba fascinada con él y su sabiduría.

—Eres él mejor, te agradezco. Creo que ya sé lo que haré.

—Muy bien –le sonrió–, puedes verme cualquier día a esta misma hora cuando lo necesites, Marie.

—Gracias, Him. Me tengo que marchar y veré a mi novio en un momento más.

Ella se levantó de su silla y quiso sacar dinero de su pequeña bolsa.

—No te molestes, yo invito –le dijo Braxton deteniéndose.

—¿En serio sólo te dedicas a esto? —preguntó risueña al saber que no cobraba ni un peso por la consultoría y además invitaba la bebida. Él asintió—. Eres todo un caballero, gracias.

—Fue un placer conocerte.

Le dio un beso en la mejilla a Braxton y se marchó. Este resopló. Antonia LaGuerta salió del café a recoger el vaso vacío.

—¿Otra chica?

—Sí.

—Deberías de cobrarles, Brax.

—No, es mi servicio social a cambio de mi trabajo, ayudar a la gente que lo necesita para ser feliz. En un rato más, en un departamento, un hombre suertudo que lleva por nombre Arthur, tendrá en su cama a una hermosa chica haciendo un *Reverse Cowboy* y además la tendrá enamorada. Sólo espero que no sea un patán, ya que le acabo de hacer su maldita noche.

11. Un día para el olvido

Apartamento

10:01

Braxton se levantó, parpadeó, se estiró, miró los cabellos rubios y el perfume dulce de Andrómaca desde su cabello, sonrió. Se acurrucó con ella y ella se pegó más a él. Braxton estiró su mano hacia la mesa de lado y tomó su reloj. Miró la hora.

—Oh, mierda, no...

12. Dudas

Siguiente día.

En algún lugar de la ciudad.

8:50 am

Braxton caminaba deprisa por la calle en un día frío y nublado. Ansiaba ese olor tan único de granos recién molidos que lo levantaría de golpe energizado. Se encogía de hombros mientras veía el nombre de «Vicente Roan» en la tarjeta. Su primera víctima del día antes de ir por el «Ríspido». Roan estaba metido en negocios de tráfico de blancas y una nueva droga que importaba muy parecida al Opio. Debía de exterminarlo de inmediato según la urgencia de la agencia J. Pagaban muy buen dinero cada vez que se le juntaban dos víctimas y cuando eran urgentes.

Fue por un espresso a una cafetería por la estación de tren. Sacó su reloj de mano: 9:00. Muy puntual, comenzó a sorber su espresso. Como investigador y asesino ya había encontrado la forma de encontrarlo y era bajando del tren a las 9:15 donde venía desde del Este en la parada de la Av. Ocre en cruce con calle Oscuro. Tenía un mal presentimiento con ese nombre, le daban escalofríos de repente. Pensaba en Camila y en Andrómaca. Bajando por las escaleras del tren, debía asegurarse encontrar al sujeto de pelo canoso corto, gabardina color camel y un maletín marrón. De ahí debería de tomar su oportunidad de alejarlo de la multitud y con una rápida y letal degollada matarlo. Otro cuerpo hallado muerto en la ciudad, pero gracias a Dios, una escoria menos en la ciudad.

El tren arribaba puntual a las 9:14 y cuando salía la multitud rápida del tren, los ojos verdes de Braxton merodeaban entre los cientos de rostros en esa terminal.

Imaginaba una escena en donde un sujeto tropezaba con otro y este le recogía su maletín marrón desgastado y se lo entregaba disculpándose. Braxton analizaba al hombre que recibía el maletín que este le regresaba una sonrisa leve al segundo hombre y vio su cabello grisáceo, piel rosada, gafas, gabardina color camello. Blanco localizado.

Braxton se escurrió y se metió entre la multitud que salía del tren para pasar como uno de ellos, siguió al hombre canoso y cuando van a pasar por la salida, Braxton lo detiene.

—Disculpe, señor, creo que se le ha caído algo del maletín.

—¿A sí? —contestó este sorprendido.

—Sí. —Braxton sacó su semiautomática y se la puso en el pecho—. Así que por favor sígame para entregárselo.

El hombre asustado no sabía que hacer más que seguir las órdenes del caballero de traje y gabardina que le apuntaba en un costado y con la mano en la espalda lo escoltaba hacia la salida.

—No sé quien eres, pero mi familia tiene mucho dinero, te puedo dar algo si me dejas libre –le replicó siguiendo los nervios agitados.

—No quiero tu sucio dinero, Vicente, ahora por favor… sigue caminando.

Lo encaminaba al señor hacia una vereda de arbustos y una pequeña caseta abandonada de vigilancia.

—¡Por favor, no me mate! Tengo una familia, una hija, un hijo… ¡no, no, lo haga! –Seguía diciendo asustado y jadeando.

—Esto no es personal, amigo, me pagan por ello y para exterminar sus sucios negocios con personas inocentes que sólo las daña explotándolas y dándoles droga.

—No sé de qué me habla ¿Qué es eso? Yo sólo trabajo para el sistema de timbrado nacional.

—Cubriendo su trata de blancas y su tráfico de drogas, claro.

—¡No, no, nada de eso! ¡Soy alguien honesto con un buen trabajo! ¡Se lo juro, joven!

Braxton miró el horror en sus ojos y la certeza con lo que decía, pero era su trabajo, no debía de dudar.

—Nadie que asegura «ser alguien honesto y con un buen trabajo» lo es, lo siento, amigo.

Lo tomó por la espalda y con un rápido corte a la garganta, lo desangró soltando chorros de sangre sobre el muro y en los guantes de Braxton. El hombre murió al instante poniendo los ojos en blanco y cayendo.

—Uno de dos.

Braxton resopló, miró sus guantes ensangrentados y se los quitó. Limpió su navaja y se la guardó en el bolsillo. Se peinó para atrás su cabello y siguió caminando hacia un bote de basura para tirar sus guantes. Caminó a la primera cabina de teléfono y marcó el número. Atienden.

—Está hecho. Vicente Roan.

Colgaron.

Braxton resopló y fue la primera vez que dudaba de su trabajo. Que podía haber matado a alguien inocente. Pero ¿Quién era él para cuestionar a la agencia J? Nunca se habían equivocado, ¿Por qué ahora lo habrían de hacer?

Se quitó de su pensamiento eso y volvió al pensamiento de Camila.

Recordó que le había comentado la Sra. Matilda que ella visitaba a las 8 con su padre la Casa de la tía, entonces iría a por el segundo: Gaviria, uno de los «Ríspidos».

Sabía quién era Gaviria, se juntaba en un bar a las afueras de la ciudad a conseguir rameras y se ponía borracho aunque ahora con el exterminio de los «Ríspidos y Seguros» eran más precavidos. Se fue hacia las afueras al bar de mala muerte.

Llegando, todo mundo lo miraba extrañado, no pertenecía a un tipo tan arreglado ahí. No había señal de Gaviria. Fue a la barra y dio un billete de 20.

—Busco a alguien que le encanta estar aquí con mujeres de moral distraída.

El cantinero lo miró barriéndolo de pies a cabeza y con los 20 que tenía en la mano Braxton.

—Con eso no llegarás a ningún lado.

Sacó otros 20.

—¿Me dirás ahora?

—Sí te digo dónde está no quiero problemas con la policía así que te tendrás que arreglar afuera. Los cerdos andan rondando este bar desde que asesinan miembros de la banda de los Ríspidos.

—No te preocupes, no habrá problemas.

El sujeto señala con su cabeza una puerta. Braxton caminó hacia ahí y entró rápidamente con su semi-automática. Gaviria estaba ahí con dos mujeres cuando lo encontró, este se levantó rápidamente asustado y sacó su pistola le disparó a Braxton pero este lo esquivó. Braxton sacó a las mujeres y comenzó a disparar al sillón pero sin fortuna. Gaviria, agachado y con la camisa desabotonada, se escondía de Braxton.

—¡Mierda!¡Dije que no quería atraer a los policías! -gritó el cantinero cuando escuchó las sirenas.

Braxton descargaba a bocajarro su semi-automática y la volvía a cargar. Gaviria ya no tenía escapatoria. Este sólo salió de atrás del sillón herido y se tumbó frente a la mesa. Le había disparado ya cuatro veces. Braxton se retiró del lugar al ver que ya estaba terminado su trabajo.

—Ya viene la policía, más vale que te vayas.

—¿Puerta de atrás?

—Por allá. —le señaló la puerta de atrás de la barra y de la cocina para irse del lugar. La policía llegaba al bar. Uno de ellos miró a Braxton correr por los almacenes.

—Jefe, mire, —Apuntó con la mano a un hombre alto de cabellera rubia y gabardina beige—, debe ser el que balaceó adentro.

—Tenemos ya un presunto asesino. Grábate su imagen.

Braxton apurado llegó a la caseta del teléfono y agitado marcó:

—Segundo objetivo terminado.

Colgaron de nuevo. Resopló.

Apartamento.

5:45 pm

Braxton tomaba un espresso cuando marcó el número de Enrico. Quería platicarle del tema de haber matado a Vicente Roan, ya que algo no le olía bien con su muerte. Con los «Ríspidos y Seguros» no tenía problema ya que eran escoria de la sociedad y personas que se dedicaban a la extorsión y a pedir piso a la gente inocente y trabajadora. Entonces, quería un consejo de su amigo.

—Diga –contestó este.

—Enrico, soy Braxton.

—Braxxton Joool –Recitó el italiano–. ¿Como *estai*?

—Bien, sólo que algo agitado. –Se movió el cuello de la camisa.

—¿Qué pasa, hermano?

—En mi trabajo... hay ciertos percances con un pescadero que necesito correrlo por ineficiente y fama dudosa por vender pescado en lugares donde no se debe.

—Mmmm... –pensó y farfulló por el otro lado del teléfono.

—Pero, creo que los rumores son falsos y el hombre no es quien dicen ser.

—Pero ¿quién dice de la fama de este «hombre», hermano?

—La gente... —pensaba en como armar el argumento—, la gente superior de la empresa.

—Oh ya veo, entonces ¿tú lo debes de despedir?

—Afirmativo.

—Puedes proteger al sujeto y defender que es buen tipo y trabajador, que no es lo que piensan.

—Podría, pero nunca se han equivocado mis superiores, siempre que dicen que es malo y se tiene que despedir, debo de hacerlo.

—Entonces, hazlo. No lo dudes.

—Pero... este sujeto, sus ojos cuando lo despedí, ese horror, parecía de verdad... un buen tipo.

—¿Ya lo hiciste entonces? —Enrico se alarmó y confundido sabía que Braxton estaba mintiendo, pero intentaba descifrar el porqué de la situación qué su amigo le platicaba en analogía.

—Una parte de mí quería perdonarle la vida... el trabajo y otra parte de mí lo quería ya despedir de un solo tirón y marcharme —se escuchaba furia en su voz y Enrico se seguía sorprendiendo con la actitud de Braxton—. Nunca me había pasado esto, Enrico, primera vez que mi profesión está en duda.

—Un mal presentimiento, amigo, pero no dejes que eso te presione ni te genere dudas. Hiciste lo correcto, seguir órdenes. No te metes en problemas.

—Sí, si no lo despedía, me despedían a mí... como se acostumbra hacer.

—Hiciste bien entonces.

—Bueno, hermano, me despido que voy a ver a una chica esta noche. ¿Te veo luego?

—Claro, hombre, siguen pendientes esos whiskies. Oscar quiere que vayamos en bote un día, tomarlos ahí.

—Suena bien, estamos en contacto... cuídate.

Colgó y resopló de nuevo recostándose en su sofá. Quería un puro.

Casa de la señora Matilda.

8.00 pm

Braxton caminaba por las escaleras y emocionado entró. De pie esperaba en el atrio donde se abrían los dos enormes patios. Estaba vestido con su traje de tres piezas gris Oxford y una corbata en color verdosa, llevaba sus botas cafés y su boina.

—Es muy extraño, tía, mi papá nunca se ausenta así, siempre avisa que no llegará.

Braxton avistó a Matilda y a Camila tomadas del brazo caminando por el gran patio y ellas vieron a Braxton.

—Braxton, querido –saludó Matilda.

—Hola, Braxton –saludó Camila también con una sonrisa leve.

—Bellas damas, –Las saludó con beso en su palma–-, parece que llego en un mal momento.

—No, hijo, sólo que mi hermano no ha llegado hoy y estamos preocupadas.

—Entiendo, ¿puedo acompañarlas?

—Claro que sí, hijo. Yo iré por las bebidas.

Se retiró Matilda y se alejó por la alfombra que llevaba hacia un cuarto más grande. La luz era cálida y leve en donde había muy pocas personas.

—Perdona que esté así, Braxton, pero esto de mi padre… me es muy extraño.

—No te preocupes. –El la miró atentamente con ternura.

—Va a llamar, lo sé. –Miró por encima del hombro y luego le sonrió con su perfecta sonrisa blanca hacia Braxton–. ¿Cómo te va a ti? Me da gusto volver a verte.

—Todo bien, de hecho, a mi me da gusto más verte.

La tranquilidad y la paz llegaron a Braxton cuando este vio el rostro de muñeca de Camila. Sus ojos azules, su piel blanca aperlada que contrastaba con su cabellera larga y color negro que con las luces de los candelabros gigantes se podían notar destellos de castaño. Era algo asombroso y nuevo para él. Ella le sonreía mientras charlaban y movía su cabellera de un lado a otro, platicaban cosas de poca trascendencia e interés. Los dos fluían como gotas de agua. Llegó Matilda con las bebidas calientes que tenían un poco de licor para que los dos se entendieran perfectamente y todo lo demás se desinhibieron. Eran dos personas que estaban destinadas a hablar y a estar juntas.

Pasando las horas, decidió Camila dar una vuelta por la casa para mostrarle a Braxton toda la finca.

—Fue construida por mi tío, que en paz descanse, para mi tía Matilda. Él quería hacer un lugar que fuera la representación arquitectónica de su alma. Cada espacio, cada corredor, cada altura establecida, cada jardín y ornamento fue escogido por él para representarla. Era su adoración.

—Enigmática, misteriosa y majestuosa como ella –dijo Braxton con el brazo de Camila tomado del suyo.

—Hay lugares que todavía no conozco y puertas cerradas que no he podido abrir. La Tía Matilda dice que hay secretos que todavía no pueden ser revelados. Me sorprende y me asusta a la vez como esta casa se moldea y se actualiza cada día. Hay cosas que no tienen congruencia y si indagas puede llevarte a la locura. Mi tía Matilda dice que no haga preguntas y sólo disfrute del momento. –Braxton la escuchaba y no sabía de lo que hablaba, pero él estaba feliz escuchándola –. Ven te mostraré uno de mis lugares favoritos.

Se dirigieron a un corredor en donde, con quince metros de longitud, hay puertas en ambos lados, tapiz y cuadros de pinturas de personas y paisajes iluminadas por unas lámparas de oro. Braxton al pasar se daba cuenta que todo estaba perfectamente limpio, olía a violetas y a jazmín junto a madera recién puesta y barnizada.

—¿Cuánto tiempo dices que tiene este lugar desde que se construyó? –preguntó interesado.

—Bastante, más de veinte años.

—Y está como nuevo…

Entraron a una puerta que llevaba a otro corredor en forma de «U», abrieron la primera puerta y en esta había puras escobas. La segunda tenía trapeadores y la tercera estaba cerrada. Camila estaba perdida.

—Jaja, perdón, se me olvida de tantas puertas que hay.

—¿A dónde me llevas, Camila? –preguntó divertido.

La última, la cuarta, tenía más herramientas, pero había un espacio entreabierto detrás. Camila lo tocó y era un fondo falso con apertura de puerta deslizante.

—Debe de ser algo oculto. Vamos, será algo nuevo por conocer.

Deslizaron la puerta y entraron a un pequeño vestíbulo de madera con alfombra color vino y un barandal de madera. Detrás de este unas escaleras de madera bajaban a otro nivel en donde había un escritorio grande de madera con mármol negro y una vitrina con libros y escopetas detrás. Unas cortinas de lado izquierdo cerraban un ventanal.

—Debe ser el estudio de mi tío Edgar.

—¿Edgar? ¿No se llamaba...?

Había una foto de Matilda más joven y con más belleza juvenil con un hombre de bigote bien parecido.

—¿Él es tu tío?

—Sí —afirmó Camila mirando la foto—. Edgar

De repente ellos están juntos mirándose. Y Braxton la tenía tomada de la cintura. Camila lo vio a los ojos y él a los suyos. Él la iba a besar cuando lo detuvo.

—De verdad me gustas, pero tendremos que esperar, quiero que sea... algo genuino y real.

—Sí, lo siento, mis impulsos... vamos a tu ritmo.

Braxton veía varias fotos y papeles con fotografías de mujeres. Parecían ser papeles de ciudadanía y certificados de nacimiento y otros pasaportes. Camila los miraba también.

—Son chicas con nombres locales, pero parecen ser extranjeras. Creo que son...

—Falsos —dijo Braxton analizándolos.

—¿Mi tío hacía esto?

Braxton recordó el motivo por el cual mató al señor de la mañana: trata de blancas.

—Todos estos papeles son muy extraños.

—Secretos que deberían de estar guardados.

—Brax, esto es muy confuso.

Miró el apellido del señor Edgar en donde era él, el que tenía embarques y contenedores.

Edgar Goth

No sabía si la agencia había matado al esposo de Matilda o murió por otra razón. Parecía una persona muy sombría. En eso, llamaron al teléfono de la oficina y este sonó muy delicadamente.

—Debemos marcharnos, si nos descubren, estaré en problemas —dijo Camila—. Vamos.

Cuando salieron de la oficina, Camila se seguía preguntando todos esos papeles.

—¿Crees que mi tía sepa de eso?

—Parece ser que alguien estuvo ahí por lo menos desde ayer, había marcas de tazas de café frescas y el olor a licor se percibía.

Cuando salieron al pasillo un sirviente apareció al final y se acerca rápidamente.

—Srta. Roan, le llama su tía. Parece ser urgente.

—Gracias, Ferdinando.

—¿Roan? –escuchó Braxton y puso los ojos de plato.

—Sí, es mi apellido.

—¿No te apellidas Izaguirre como tu tía?

Vieron a Matilda con su hijo, Tobías en el pórtico. Tobías iba de traje negro con corbata roja, tenía pelo corto negro, piel blanca, nariz afilada, ojos castaños y barbita. Le daba un aspecto siniestro. La vibra que irradiaba el hijo de Matilda, no le gustaba nada a Braxton. Este, al ver a Braxton con su prima, le aventó una mirada de pocos amigos.

—No, Izaguirre es el apellido de mi abuela materna, Roan es el de mi padre y abuelo. Braxton, él es mi primo Tobías.

—Hola, ¿qué tal? –saludó Braxton con la mirada a Tobías que le seguía barriendo.

—Prima, necesitamos decirte algo.

Braxton puso los ojos de lo plato de nuevo, ya comenzaba a conectar los puntos.

—Camila ¿Cómo se llama tu papá? –habló temeroso cuando esta ya se aproximaba a platicar con su familia.

Mauricio Warrô

—Vicente, ¿Por qué?

13. Oye como va

En algún lugar de la ciudad

10:34 am

Un miembro de la banda de los «Ríspidos y Seguros» platicaba con su mano derecha. Estaban almorzando y tomando café con whisky.

—Estoy seguro que Braxton Hall mató a Gavi, entonces, tenemos que actuar.

—Viene por nosotros, estoy segurísimo y lo malo es que no tenemos nuestro «seguro».

—Podemos re-capturarla, sé quién la tiene.

—¿Quién?

—Nada más y nada menos que sus propios jefes.

Uno de ellos dejó caer café de su boca por la sorpresa.

—¡No puede ser!

—Sí, te acuerdas que la secuestraron de nuestro almacén, pues pude averiguar por las calles quién fue, sé dónde la tienen gracias a que me debían un favor.

—¡Vamos a por ella!

—Vamos a ir, quizás mañana, será nuestro seguro contra esa agencia y contra ese desgraciado. Pero, hay algo malo aquí.

—¿Qué?

—La agencia J es la banda más pesada de toda la ciudad.

Cementerio Local

11.00 am

El funeral de Vicente Roan se celebró en el cementerio local de la ciudad. Braxton estaba escondido detrás de los grandes abedules y observaba cómo se llevaba la ceremonia y que como protagonistas estaba la Sra. Matilda, su hijo Tobías, otro hermano de ella, un señor de sombrero muy propio; Camila y un joven muy extraño que la abrazaba. ¿Será hermano suyo o un amante? Amante no podría ser porque ella era una joven muy decente como para salir con dos hombres al mismo tiempo, o ¿será un ex novio allegado a la familia?

La multitud se juntó en una triste y melancólica sinfonía. Braxton pudiera haber estado ahí acompañando a su querida Camila pero, se le hacía una falta de respeto que el asesino estuviera presente con un máscara de desentendido.

Lo siento mucho... ¿Y de qué murió, oye? Pronta resignación, muñeca. Lamento mucho que haya sido degollado a sangre fría. Pensaba en la ironía de estar ahí con ella diciendo cualquier cosa. Prefería mantenerse tras los bastidores.

Cuando llegó a su departamento recibió una llamada interesante.

—¿Diga?

—Braxton.

La pálida voz y sin emociones de Andrómaca sonaba del otro lado del auricular. Braxton confundido se preguntó qué quería.

—Andrómaca, ¿a que se debe tu honorable llamada? —preguntó irónico.

—Pues... no he sabido de ti... te extraño.

—Cielos... —dijo sacándolo sin pensar, no le gustaba eso. Querría que ella desapareciera ahora que le emocionaba cada día saber de Camila. Andrómaca ahora parecía un peligro inminente. Pero, él mismo se auto saboteaba dándole alas al seguir acostándose con ella.

—¿Te sorprende que llame, cierto? —La voz femenina se volvió más ronca y molesta.

—No, sólo que no es muy propio de ti decir ese tipo de cosas.

—No lo son... pero he sentido cosas últimamente. Mi edad... —De 30 a 33 años, cuatro años más que Braxton—. Creo que es tiempo de sentar cabeza.

Le llegó como una bala llena de plomo con ácido desde el estómago hasta la garganta como agruras y al final terminó resoplando.

Si me hubieras dicho eso hace un año, te hubiera propuesto matrimonio. Ahora que ya ando saliendo con otra, quiere hacerla seria. ¿A caso no es una perra?

—Pues no sé qué decirte... —Pensó en algo para no herirla. Tenía que seguir actuando—, lo tendríamos que platicar.

—¿Te puedo ver hoy?

Le parecía una mujer desesperada y rendida, pero... le daba miedo. Hoy él quería ver a Camila.

—Mañana podría ser... Hoy tengo un compromiso.

—¿Compromiso? ¿Tienes trabajo?

—No, sólo que tengo que regresar... unas escopetas prestadas.

—Querido, tú no cazas.

—Sí lo hago... con mi amigo... Ángel Vergara.

—¿Vergara, dijiste? –rió preguntando.

—Si, mi amigo Ángel Vergara. —Mentía pues no tenía ningún amigo llamado Ángel Vergara.

Esperó una respuesta y al final ella cedió.

—Está bien, te veré mañana, suerte en tu cacería con el Vergara. Espero y no me estés mintiendo y sea una chica, Braxton, porque puedo ser una terrible enemiga.

—No lo es, Andrie. Ahora te tengo que colgar. Cuídate.

—Cuídate tú... también.

La llamada se terminó y aunque Andrómaca no era una mujer que se creyera todo, Braxton se sintió aliviado de haber colgado.

—Méndiga tóxica, pero ahí andas Braxton —se regañó a sí mismo.

Tocaron de pronto en su apartamento. Se levantó de la silla donde estaba hablando por teléfono y con su puro en la boca, sin ponerse nada arriba más que su playera blanca de tirantes y su pantalón de pana gris, abrió la puerta.

—Hola... espero no llegar en un mal momento.

Camila en su trajecito negro formal, sombrero negro y su delicada y bella apariencia estaba detrás de la puerta mirando a Braxton fumar su puro. Este lo quitó de su boca y lo soltó en la mesa del vestíbulo.

—No, para nada. Hola. —Se puso feliz dándole un beso en la mejilla.

—¿Puedo entrar? –le preguntó educadamente.

—Por supuesto.

Ella entró, él le retiró su abrigo y dejó ver una camisa sin mangas y un moño color negro con rayas grises, sus hombros, sus brazos blancos eran delicados y color perla. Los botines negros altos chocaban en la duela y ella se sentó con gracia. A Braxton le recordaba a la Sra. Matilda en su correcta forma de ser.

—*Viene del funeral y lo primero que hace es verme. ¡Vaya!*

—¿Te sirvo algo? –preguntó él.

—No, gracias. Vine a pedirte un favor, Braxton.

La voz apagada y seria de ella no le gustaba, pero venía de un mal episodio en su vida y hasta podía saber algo de él. Se puso una camisa encima de la otra y se sentó enfrente de ella.

—Dime.

—Mi padre murió hace dos días, fue asesinado de una manera no muy grata... hoy fue su funeral.

—Cuanto lo siento, Camila. –Le tomó su mano y ella se reconfortó en él.

—No hay porqué, no sé porque alguien pudiera hacer eso. Él no tenía enemigos ni le robaron nada de lo que llevaba de valor con él... pero en fin... me siento muy sola ahora y en lo único en el que podía pensar eras tú.

Te juro que no controlo quién sale en esas tarjetas, yo no pude evitarlo, no sabía que era tu padre.

Nunca se había sentido culpable o mal por algo que había hecho hasta ese momento. La inocencia de Camila y la confianza que le tenía era falsa puesto que él era culpable de su tristeza y ese mal episodio.

—Gracias y me siento halagado el que me tengas esta confianza, pero Camila... –Aquí iba otro argumento típico de él en donde es amenazado por Andrómaca y no se quería involucrar con nadie, pero pensaba en que ya era bastante de esa vida, el verla y tenerla cerca le gustaba–. No debemos de estar aquí platicando, sino que debemos de distraernos en otra cosa, ven. –Le tomó de la mano, él agarró una corbata se la puso encima de la camisa, agarró su chaleco y una boina que se puso encima de su cabellera rubia y abrió la puerta.

—¿A dónde vamos?

—No lo sé, pero tengo un buen presentimiento de esto.

Tomaron un coche hacia la casa de la Sra. Matilda, en donde una corazonada de Braxton los llevó a entrar por una puerta lateral en donde había un gran patio con mesas y grandes ventanales que daban a una terraza más grande que pareciera una calle cerrada en el exterior.

—Tu tía me contó de este lugar, «el patio de la orquesta», no sé si hayas estado aquí, pero me dice que este lugar puede ser lo que tú quieras que sea si tus pensamientos son genuinos y positivos. ¿Recuerdas que me dijiste que a veces daba miedo, pero podría ser interesante si te dejas llevar? Creo que este lugar me lo va a decir.

Las luces parpadeaban cuando caían en pequeños focos en peceras de cristal a cierta altura desde el techo de cristal, todo estaba vacío pero iluminado. Braxton se subió a la barra y se sentó, le ofreció la mano a ella para que se sentara con él.

—Está increíble... no lo conocía.

—Sólo necesitamos de nosotros dos y... —Se levantó para pasarse del otro lado de la barra. Vio un ron añejo y lo que parecía azúcar y hierbabuena. Se levantó para tomar dos limones del árbol—, estas bebidas son los «Mojitos cubanos».

Los preparó con los mezcladores y sirvió dos vasos para él y para ella.

—Bella dama, si me acompaña... Esta noche puede ser lo que nosotros dos queramos.

Se bajó de la barra y detrás de ella salieron dos bartenders que comenzaron a sacar el licor, de la puerta entró un grupo con instrumentos y playeras hawaianas y se colocaron en un entarimado a lado de la terraza y sonrientes los saludaron.

—¿Y estas personas? –habló Camila sorprendida.

—Te digo que este lugar es mágico, esta noche habrá salsa, no estamos en la ciudad sino en La Habana.

Todo el escenario se transformó en una típica calle de La Habana en un futuro no tan lejano. Las personas comenzaron a aparecer con vestidos coloridos y otros con trajes y camisas de algodón y sombreros tejidos. El calor comenzaba a sentirse, pero con cierta humedad. Los músicos empezaban con melodías con su percusión, maracas y guitarras.

—Esa música, las personas… ya no estamos en este lugar.

—Ni en este tiempo.

Se terminaron su copa y se las dieron al bartender.

—¿Otros dos mojitos, Sr. Braxton? –les preguntó el bartender en acento latino.

—Claro que sí, Humbertou, por favor –lo dijo en un español con acento inglés.

Comenzaron a tocar una canción con un teclado, guitarra y la batería y la gente bailaba en la terraza y en el patio.

—¿Bailamos? –preguntó él

—Por supuesto –respondió ella.

Nada parecido a lo de sus tiempos pues eran bailes más de cercanía y calientes. Braxton parecía ya un bailarín profesional al sólo sentir el ritmo de la música y guiaba a Camila que con su atuendo parecía demasiado elegante, pero su cabello ya parecía más largo y caía más por debajo de su espalda.

—¡Qué bella dama, señor! Es usted muy afortunado—Le habló otro señor de sombrero que bailaba con una señora de vestido floreado rojo.

—Gracias. —Le sonrió él.

—Bailas muy bien, esto es genial. —Ella lo admiraba y él le daba giros y la juntaba hacia él para bailar más cerca.

—Me gusta bailar, es una expresión corporal en donde el lenguaje es universal y todo tu estrés y sentimientos negativos desaparecen.

Siguiendo bailando el lugar ya estaba lleno y la música a tope. Las bebidas tropicales se servían con cócteles. Personas cantaban junto con el grupo la música de salsa y rumba. La Sra. Matilda los observaba desde fuera junto con otra persona.

—Si supiera que esto pasa a menudo, la puerta no estaría oculta. Es algo surreal —Matilda le dijo al caballero de al lado.

—La magia entre dos personas hacen que esto suceda. Gran elección, Matilda.

La pareja seguía bailando como dos personas que ya supieran ese ritmo. Braxton ya estaba sudando por el calor y Camila con su piel que brillaba debajo de las luces. Desde lejos, unos ojos rasgados y de color gris los miraban.

—Eres la mujer más hermosa que he conocido, Camila.

—Gracias, aunque parece que ya has dicho eso muchas veces.

—No, nunca lo había hecho con certeza hasta el día de hoy.

—Me sonrojas, nunca había conocido a un hombre como tú, eres apuesto, carismático, tienes clase, sabes bailar... y bueno tienes esa aura misteriosa que aunque no conozca nada de ti, siento como si ya lo hubiera hecho desde que nací.

—A mí me pasa lo mismo. Siento emociones y sentimientos por ti que nunca había sentido. Cuando estoy lejos de ti sólo pienso en verte y cuando estoy cerca de ti no quiero soltarte.

—Pues no lo hagas... no me sueltes. Porque si es verdad lo que dices, a mí también me pasa lo mismo. Únicamente pienso en ti, en ese hombre que me rescató de ese baño y me llevó a su casa después de perder el tiempo con pláticas superficiales de la vida elitista de la ciudad.

Ella se reía, pero lo comenzaba a adorar y Braxton perdía fuerza con ella pues ya era su debilidad.

—Me gustaría escapar contigo, llevarte a una isla solitaria en donde sólo estemos tú y yo, quiero comprometerme contigo y ser tuyo. Formar una familia y vivir feliz por siempre.

—Me encanta esa idea, huyamos –dijo ella bromeando. Le gustaba, claro, sentía cosas por él, sí. Pero sabía ella que este hombre era un casanova y nunca se había comprometido. Tenía sus dudas.Pero él se detuvo, dejaron de bailar, él soltó su cintura y endureció el gesto en su rostro.

—Pero si sabes quien soy en verdad, a qué me dedico y qué he hecho, me odiarías, por eso es que siempre que estoy contigo te alejo de mí.

—Brax... ¿Qué puede ser tan malo? Nada que hagas, nada que no seas y hayas hecho puede ser tan malo ¿o sí?

—Créeme, lo es.

Ella temerosa se quedó pensando en que puede tener él que ella pudiera odiarlo y dejarlo de ver.

—¿Qué es? Dime ¿Vamos a estar así? ¿Viéndonos y fingiendo que somos una pareja? ¿Por qué es eso lo que quieres? ¿No es así?

—Sí, me gustaría por fin tener una pareja y esa puedes ser tú y quiero estar contigo, pero no puedo... Camila... soy...

—Si no puedes estar conmigo, no tienes que estar aquí haciendo ilusiones a una pobre chica. Hasta luego, Braxton Hall.

Ella lo alejó y caminó rápidamente por el patio, se fue alejando de aquel lugar con la música todavía a fulgor.

—Esto es increíble –dijo para sí mismo en voz alta–. Cuando siento que puede ser amor, no puede serlo. ¿Tengo que estar con alguien como Andrómaca?

—¿Quién es Andrómaca, *man?* ¿La rubia sexy que estaba allá arriba? –dijo Mai Leandro bebiendo un mojito y vestía pantalones khaki y zancones.

—¿Eh? –Lo miró confundido.

La persiguió por el lugar y cuando ella salió de la casa y se cruzó para pedir un taxi en el camellón de en medio en el árbol más grande de esas jacarandas y en donde el candil ya no iluminaba él la detuvo. La giró para tenerla de frente y le plantó un beso en sus labios. Ella se lo correspondió y se rindió ante él. El beso era apasionado y él tomándola de la cintura por fin se alejó.

—Es aquí y ahora donde quiero estar, es contigo Camila… Pero soy un mercenario, asesino gente.

Día 19. Clase de Té
2020

Todo estaba perfectamente armado ya, colocado en cada centímetro, hasta los pequeños floreros color azul claro ya estaban puestos en cada mesita de granito color beige con pequeños colores rojizos. Los cuadros en latón estaban colgados, costaron una ganga, y se veían muy bien. La barra limpia con el cuarzo rosa estaba iluminada con el led debajo, la había dejado reluciente. Fue a revisar la cafetera espresso La Pavoni y brillaba con ese acero pulido, se reflejaba en ella y se acomodó sus cabellos que colgaban en su frente hacia atrás junto con su chongo y se acomodó sus gafas redondas de color dorado que apenas si se veía el pequeño marco sutil que tenía. Sus ojos azules parecían más grandes. Le dio un beso a la máquina y quedó impregnado el *lipstick* rosa.

"Vamos a dejar algo de ADN aquí."

La Casa del Té ya estaba lista, pero no abrirían hasta Junio, en un mes, cuando hiciera más calor en la *French Riviera*. Faltaban dos semanas para la gran apertura y ya se sentía lista. Decidió hacerse un *latte* para esperar la tarde y tal vez y comer un *pain au chocolat*. Prendió los altavoces, agarró su teléfono y puso *Je Vulesse*, prendió la máquina, sacó la *lait* deslactosada, molió granos en el molino, lo comprimió en la compuerta y la colocó en la máquina, el líquido ámbar comenzó a salir en la pequeña taza blanca, el olor a café le invadió la nariz. *"Woow"*. Prendió el espumador, y comenzó a espumar la leche en la jarra de acero inoxidable. El sonido de la leche revoloteando se combinó con la música francesa, ella movía las caderas y bailaba en su short verde limón de ZARA, salpicó algo de leche en su playera polo rosa de Bally y se secó la mancha. La leche estaba espumada. Le dio varios golpes a la jarra en la barra para asentar y quitar espuma, y empezó a servir la leche en la taza blanca, el latte estaba listo.

"Curso de Barista completado con éxito. ¡Qué guay!"

Estaba sentada en los sillones que recargaban en la pared y eran de color rosa, las sillas de enfrente eran de un verde turquesa y eran los que llamaban la atención porque casi todo el lugar era en tonos rosados o beige. Le encantaba su negocio, era suyo. *Srollin' on Sunday* de Cerrone ya sonaba en la música. Comía su *pain au chocolat* que mojó delicadamente con su manicura azul marino en el café. A las 6 pm tenía una clase de té en la boutique de su proveedor de té en Niza, impartida por la té sommelier Monique Des Chauvaux. Estaba ansiosa por llegar.

Showroom de Proveedor de Té.

5:55 pm

Ya llegaba caminando con sus Vans blancos, su short verde, su polo rosa y un saco azul rey de Polo Ralph Lauren, su cabello seguía recogido en el chongo y llegaba oliendo al *SÍ* de Armani. Había pagado por tres clases de té y quería ser una experta antes de abrir La Casa del Té, el proveedor iba a surtir los tés en la tienda y debería de conocer cada rasgo esencial y producto que serviría, pero más que nada saber con cuales iban a hacer las bebidas con alcohol. Siempre recordaba las bebidas que sirvieron esa vez cuando vivió esa experiencia surreal de Casa Magno, aunque era todo un sueño, lo podía recordar como si lo hubiera vivido:

"Gin Tea & Tonic, Morning Matcha, Paloma Matcha, Élix Vésper, Johnny Green Tea..." y el otro que probó una vez en Francia que era el Supersonic Gin & Tonic que creía era un gin con espresso y agua tónica. Todos los quería hacer pero necesitaba más ideas y crear una que sea representativa. Una que representara la Riviera Francesa, el té, el alcohol pero también que la representara a ella, algo... rosa.

Había poco más de diez personas reunidas alrededor de una barra de madera con miles de cajas con el logo de proveedor de té, la música era de piano tranquila y la Té Sommelier estaba vestida como señora *nice* con un mandil blanco de la marca. Comenzó la clase y ella tomó nota en su libreta de piel rosa y su pluma Mont Blanc amarilla.

La clase empezó con variedades de té verde de China, Japón y luego degustaron en pequeños bowls, después pasaron a los tés negros de la India y uno que se llamaba «*Brunch Tea*» que le gustó mucho. Después empezaron con tés oolong y rooibos y en donde en el rooibos, agregaron un licor de café y degustaron. Matilda estaba maravillada. *"Está de puta madre de delicioso."* La mesera pasó con vino espumoso para los estudiantes y Matilda tomó una copa y sorbió.

Pasaron a las tisanas y donde la moda ahora eran pétalos de rosa y frambuesa.

"Pregunta" dijo Matilda y empezó con su pluma a decir lo que tenía escrito en su libreta, "¿Qué pasa si combináis un té con vodka? Por ejemplo, este rosita."

La sommelier se quedó pensativa.

"Pues, no pasa nada, sería una nueva infusión. Tenemos una clase de mixología también, *madame*."

"Ah" finalizó Matilda apuntando.

Ir a clases de mixología con te

Degustaron varias, pero cuando probaron una que se llamaba «*Passion Framboise*» y lo combinó con el vino espumoso le vino una idea a la mente. La clase duró aproximadamente una hora con diez minutos.

"¿*Madame* Des Chauvaux?"

La profesora volvió a verla de nuevo, pues era la única que preguntaba cosas absurdas en la clase. Las demás habían preguntado acerca de orígenes, de notas principales en los tés, sabores nuevos y tendencias y esta, sólo pensaba en combinarlo todo con alcohol.

"*¿Oui?*"

"*Excusez-moi, madame,* puedo preguntarle si ¿es muy común servir té con alcohol en Francia?"

"No, no mucho, pero puede ser tendencia. ¿Tú eres la chica de la nueva casa de té?" le preguntó Monique

"*Oui, enchanté, Je sui Matilda.* Quiero hacer bebidas con té y alcohol y me preguntaba si sería un éxito."

"Si, atrévete a experimentar, sólo considera climas y temperaturas. Podemos ayudarte a encontrar las mejores infusiones. Hay una clase de mixología…"

"*C'est super!*"

"Siempre puedes venir a escoger lo que quieras para tú tienda, granel o *sachets*."

"*Merci,* Monique" se despidió Matilda.

"Recuerda a la siguiente comprar perfume francés, Matilda, hay buenas boutiques de aromas que te pueden ayudar a completar tus atuendos."

Lo sintió como ataque, pues ella le encantaba su *SÍ*, pero la escuchó.

"¿Cómo cuál?"

"A tres calles abajo está «Maison Gabault & Fréres», son expertos en perfumería y también tienen velas aromáticas para tiendas como la tuya.

"Iré, gracias."

"De rian."

Caminó rápidamente hacia esa tienda de perfumes y compró uno pequeño que olía dulce y flores, y una vela del mismo olor, el perfume se lo puso ella en sus muñecas y el cuello, luego corrió hacia La Casa del Té, abrió y sacó una copa de vino espumoso francés, una Perrier del refrigerador, sacó de su bolsa de tés y un saquito de «Passion Framboise», lo infusionó en una taza, combinó el vino, el agua mineral y la mitad de la taza de la tisana en una copa con hielo, probó y estaba deliciosa pero le faltaba algo. Recordó que tenía un St. Germain en el gabinete de licores y le puso una cucharadita a la copa, probó de nuevo. La copa con líquido de color rosa era una maravilla.

"Listo, he encontrado mi bebida insignia de la casa del té: «Beso de Matilda»."

14. El día y la noche

Apartamento.

3:00 am

Camila y Braxton yacían acostados, vestidos viendo el techo de ladrillos que estaba arriba del cuarto de Braxton.

—Bueno, no sé si me guste lo que haces, pero es gente mala, me dices que lo merecen... pero aún así...

—Sí, lo sé. Era muy joven. Yo me metí a esto debido a que un amigo mío ganaba mucho dinero en ello y yo estaba en bancarrota, me habían corrido del restaurante donde trabajaba como limpia platos y debía dinero a gente mala. Entonces, yo siempre pensé que la gente mala es como una peste en este mundo, hace mal y se llevan todo el crédito, así que no sonaba del todo mal una agencia que te paga por liquidar la peste del mundo.

—Pero, estás matando gente...

—Sí...

Se quedaron callados viéndose el uno al otro.

—¿Qué le pasó a tu amigo? El que te metió en esto.

—Él...murió.

Camila se cubrió la boca con la mano en señal de susto y suspiró.

—¡Dios!

—La gente mala cobró venganza contra él.

—¿Te pasará lo mismo? –preguntó horrorizada.

—Podría ser... –pensó en los Ríspidos que quedaban–, en este negocio corres ese riesgo.

—Podrías renunciar y trabajar de otra cosa, empezar de cero en otro lugar.

—Es mi idea, porque este negocio es bueno si eres una persona solitaria, pero ya con una familia en mente..., con una pareja..., todo cambia. Debes de aportarles seguridad.

—Concuerdo contigo y te ayudaré a encontrar otro trabajo.

Ella la abrazó y él le besó la frente.

La llevó a su casa de regreso y en el pórtico cuando se despiden a Camila se le ocurrió una pequeña idea tonta.

—Brax, ¿me acompañas más tarde a un partido de tenis y a un desayuno con unos amigos?

—Sí, por supuesto.

—9:30 en punto te veo en casa de mi tía Matilda.

—Ahí estaré, muñeca.

Se despidieron y él pensó en que era una mala idea el involucrarse con la clase alta de esa manera si todavía no es algo serio.

Club Magno.

9:30 am

Había una pareja sentada en las bancas, iban vestidos de negro completamente, sólo la chica de pelo castaño llevaba una visera rosa y el chico de pelo castaño claro se reía con ella de sabrá que cosa. Camila entraba con Braxton y ellos iban de blanco completamente. A Braxton le fascinó como se veía ella con su atuendo de playera polo y falda blanca pero más que nada su piel blanca y su pelo negro. Iban a competir dobles.

Se presentaron: Julián y Samuela, hermanos. Los chicos de aproximadamente 25 años lo saludaron amablemente.

—¿Inglés? –le preguntó el hombre.

—Sí, correcto.

—Estuve en Londres un par de veces, me gustó.

—Yo no recuerdo bien Londres, he vivido aquí...

El hombre ya ni le prestó atención y se fue con su hermana a ponerse en posición. Braxton vio a Camila que se estiraba en su lugar y se acomodaba.

—No te preocupes, vas a estar bien, juegas conmigo. —le dijo ella confortándolo de forma burlona.

Al comenzar el partido, Braxton miraba como jugaba Camila y se movía y parecía que era profesional. Braxton jugaba bien y mejor que los otros dos y terminaron vapuleándolos muy fácil. Pasando los cuarenta minutos de juego, les dijeron que se iban a bañar y arreglar para el desayuno para verse con los otros cuatro amigos. Camila detuvo a Braxton.

—¿Y tú? ¿A dónde crees que vas?

—A bañarme.

—No, señor. Vamos a ver quién es el mejor tenista.

—¿Lo dices en serio? —él estaba aterrado pues ella era demasiado buena.

—Sí, acordamos eso. Él que gane invita las bebidas.

—*Okay, okay...* te daré lo que quieras, niña. Seré suave contigo.

—No, no lo seas. Yo no lo seré. Dame tu mejor partido, todo lo que tengas.

Pensó en cómo jugaba con Enrico y como lo apaleaba, ahora competiría con una tenista de talla mundial. Camila se acomodó del otro lado de la cancha de arcilla color azul claro.

—Tú sirves primero –dijo ella.

Braxton se acomodó y sirvió. Ella inmediatamente respondió con un golpe hacia la línea sin darle oportunidad de corresponder. Ella sonrió, pero cada vez que pegaba con la raqueta sus expresiones faciales eran duras y también gritaba por el esfuerzo que hacía pero era más como un ruido que era parte de su esencia. Braxton tenía que esforzarse más y así fue, era un partido muy reñido y Braxton cuando sacaba ya no le dejaba que le respondiera pues sus saques eran muy rápidos. Camila era mejor para los golpes pasando el tiempo. Terminando la hora, ella ganó y Braxton la fue a felicitar.

—Digno competidor, Braxton Hall.

—No sabía que eras tan buena. ¿Alguna vez competiste?

—No existe la liga femenil, pero si gané muchas veces.

—Cierto, que mal.

—Cuando quieras jugamos de nuevo.

—Un día si te ganaré.

ESPRESSO a las 9

—Bueno, esperemos, ahora vayamos a arreglarnos. —Lo abrazó por la cintura y se acomodó en él—. Veremos a mis amigos. Estoy emocionada por que los conozcas.

El grupo de seis personas ya estaban sentados en la terraza en donde el jardín se iluminaba con el gran sol encima de ellos y daba a notar la gran parte de paisajismo que habían invertido en ese jardín.

—La verdad es que el jardín es de las partes que más me gusta de esta casa porque en este terreno de muchas hectáreas se hace relucir. y no podía utilizar todo en construcción así que decidí empezar por el jardín, el tener un gran paisaje como fondo de la casa y embellecerlo. Mis hijos son parte de él al igual que mi familia. Todo se concentra en este lugar. —La Sra. Matilda le explicaba a Braxton el motivo del jardín mientras lo acompañaba hacia esa terraza donde se juntaban a desayunar—. Si te cuento que movimos a mi hermano para acá ¿me lo creerías? Vamos a hacer su estatua detrás de la fuente.

—Todo esto es maravilloso, la felicito por esta gran construcción. Bonito tener a su familia en su casa.

—Yo siempre he querido que esto no sea solo para mí y mi familia sino también para toda persona de buen corazón que quiera ser atendido en un lugar como su segundo hogar. Mi mamá, Magnolia, me inculcó eso desde pequeña, el servicio a los demás, llegamos a este mundo a compartir y servir.

Llegó como último a la mesa de siete personas, Tobías también llegaba de traje blanco con camisa roja y cuando vio a Braxton este puso cara de pocos amigos; la cabecera estaba vacía así que Braxton se sentó ahí, Matilda se fue con su hijo a desayunar a otra parte. Para Braxton comenzó una novela escrita por alguien muy superficial y protagonizada por Camila Roan.

—Mira, él es Stuart Hanson, es hijo de un banquero famoso de la ciudad. —El sujeto de pelo relamido y castaño con traje de tres piezas y pajarita le saludó con la cabeza—. Se encargará de la cadena de bancos a nivel nacional y producirá mucho más ya que irá a estudiar su maestría a Harvard.

—Así es, Ivy League, señores —dijo él horteramente.

—Cashemir Valbuena, una de mis mejores amigas y es la heredera de la textilería de la ciudad.

—Iré muy pronto a la India a reservar los textiles más prestigiosos del mundo en donde seremos exclusivos y los de más auge en moda en la nación —habló ella con aires de grandeza. La chica tenía también pelo negro pero más corto y una banda en la cabeza con pequeño diamantes y una pluma de color violeta. Fumaba un cigarrillo desde su boquilla color negro.

—Julián y Samuela, que ya los conoces, trabajan para su tío en las importaciones y aranceles. Son los administradores.

Los dos estaban atentos a la comida que arribaba a la mesa.

—Mantequilla y mermeladas, mermeladas y mantequilla. ¿Por qué no hay otra cosa como la jalea de salmón o las finas hierbas

ESPRESSO a las 9

en aceite? Para degustar estos suculentos y extraños panecillos −expuso Julián.

−No los puede haber, tontito, el salmón no se puede hacer líquido, tienes que apegarte al o que ya hay. Tal vez y deberíamos de crear algo mejor como las boquillas de regaliz y frambuesa −le respondió su hermana, Samuela.

−Y por último, mi amiga del alma y hermana de otra mamá, Ana Sofía.

La chica era rubia y tenía el pelo ondulado y corto con otra diadema en el cabello y un vestido de color crema con destellos por doquier. También fumaba desde su boquilla color blanco con oro y desinteresada no veía a nadie, solo pedía café al mesero cada diez minutos.

−Esta vez con sólo una espolvoreada de azúcar, y que sea mascabado. Refinada es sólo los plebeyos.

−Todos, él es Braxton. −Camila finalizó la presentación.

−Buenos días, a todos. −Pensaba en algo tonto y banal que decir para presentarse −. Es un lindo día, soleado, ¿no lo creen?

Todos lo saludaron desinteresados. Sólo Ana Sofía agregó:

−Me gusta el color de tu corbata, tiene buena audacia.

−Gracias, se llama color «Ponche...»

Nadie lo volteó a ver ni siquiera la que le dio el cumplido. El servicio le dio una servilleta y limpió su plato que ya rechinaba de limpio.

—No había sentido tanto calor desde 1915 cuando llegó esa ola desértica. Me voy a morir uno de estos días, señores. Advierto de una vez. Y espero que me lleven flores. Petunias solamente. Odio los tulipanes blancos. —Stuart.

—No hace calor... sólo es... —siguió Braxton que intentó meterse a la platica, pero fue interrumpido.

—No querido, debes de aprender que el tono de piel ahora debe de ser blanco como ese mármol de la casa de mis padres que recién pusieron. Italiano –acentuó Samuela.

—Si por cada vez que escucho ese mármol italiano me dieran un centavo... —dijo Camila.

—Lo sé, y se lo trajeron vía nuestro transporte –Julián

—Maldita perra, presumida. –Rieron todos al escuchar el insulto de Ana Sofía.

—Ana Sofi, tú regresas de Europa, cuéntanos cómo es esa nueva tienda donde arreglan uñas y todo.

Todos prestaban atención mientras Ana Sofía dejaba de fumar y ni los voltea a ver.

—¡Es–Uuuna–Maraviiiilla! –recitó.

—¿Pero ¿cómo es? Dicen que es como un Palacio Italiano –Julián.

—Es caro como no tienen una idea, pero hay albercas y aguas termales en donde las piedras volcánicas hacen lo suyo. Pero, cualquiera puede ir la verdad…

—Iremos al que abrieron en Zurich, mi tía Matilda y yo. Dicen que es más nueva –Camila.

—Que linda es tu tía, yo quisiera estar igual de bella como ella a su edad. ¿Qué tiene? ¿30? –Cashemir.

—Lo sé y calla, querida, que tiene 47, ¿o 48?

Braxton los miraba como fluían esas platicas triviales que no entendía. Era un mundo que le aburría y no podía entrar y cuando él lo quiso hacer tuvo malos resultados.

—Zurich está sobrevalorado. Nada como Londres –dijo él.

—¿Dijiste que no habías ido desde pequeño y no lo recordabas? –Stuart le preguntó fulminándolo.

Todos también lo fulminaron con la mirada, Ana Sofía lo volteó a ver y dejó su taza de café que tiró líquido en el platito de cerámica blanca.

—¿Lo dices en serio? ¿Has viajado o nos mientes?

Camila se molestó al ver que ya tenían intención de atacar. Ella le tiró una mirada violenta a Samuela para que se retractara.

—Bueno, es algo sucio ahora, Zurich es... novedad.

El desayuno terminó dos horas después, Braxton se despidió y se retiró. Camila lo acompañó a la entrada.

—Me dio mucho gusto que hayas estado aquí conmigo, prometo te acostumbrarás. No son así siempre, sólo no te conocen.

No sé, no lo creo. Pensó para sus adentros. —Claro, fue la primera vez, muñeca. Te veo luego. —Le dio un beso en la mejilla y con su saco en el brazo salió por la puerta del pórtico.

Tobías al verlo marchar lo siguió con la mirada, tal vez y lo seguiría para ver a qué se dedicaba ese patán. Regresó a la casa con Camila y la confrontó.

—Prima, ¿qué haces con ese lechuguino de clase baja?

Camila se molestó, pues siempre vio a Tobías como el primo celoso.

—Salimos.

—No me fío de él.

—Pues no salgas con él.

—No, no, querida. No te conviene, mejor consíguete a alguien de nuestra clase y qué no sea un farsante.

—¿De qué hablas, Tobías?

—Algo me huele mal con ese tío, vais a alucinar cuando te des cuenta de verdad quién es.

—Ya déjame en paz.

Camila se fue molesta y pensó: *sí, es un asesino, pero uno de los buenos.* Dudó

En algún lado, a las afueras de la ciudad.

3:35 pm

Los Ríspidos y Seguros que quedaban, que eran tres, platicaban su plan. El cabecilla, les mostraba fotos de los familiares y la gente que conformaba la agencia J y la ubicación del edificio principal dónde tenían a la hermana de Braxton.

—Ya saben quiénes son, entonces vamos a liquidarlos uno por uno cuando salgan. Ahora, somos su blanco preferido, se trata de quién mata primero a quién.

—¿Entonces primero vamos por la hermana?

—Muy arriesgado ir por ella, primero tenemos que encargarnos de esto. —Señaló a las personas en las fotos—. Luego pasaremos a rescatar a nuestro seguro.

Los otros dos asintieron.

—Vale, pues a darle, ya saben donde encontrarlos y a qué hora. Vayan con cuidado.

LaGuerta.

5:15 pm

Braxton se sentaba a tomar una ginebra con agua tónica cuando un chico pasó y le dejó un sobre color manila.

—Es para usted, señor.

Lo miró y sólo tenía una J, debería de ser otro nombre. Pero ahora no sabía cómo lidiar con ello puesto ya no quería seguir en el negocio. La única manera de renunciar es comunicándose con ellos y cambiar de nombre. Nadie ha salido vivo de esto para poder renunciarles. Pensaba en que su amigo, Ferrán, el que lo había metido en esto, le había platicado que él se había mezclado con la agencia personalmente, con una chica que era familiar de J. Qué había conocido la casa y convivido con familiares de ella y tenía que recordar cómo eran esos lugares y a donde se había marchado cuando salía con ella.

Un lugar donde solo los pinos más grandes ocultaban el camino, un lugar con camino de piedras, con luces cálidas y grandes pórticos. La mujer es rubia, ojos grisáceos como una noche llena de estrellas. pensaba.

Recordaba que su amigo estaba enamorado de ella pero que podía tener problemas con la familia. La dejó por otra chica que conoció en una cantina. Semanas después no acudió a un asesinato y amaneció muerto en el muelle con un simple balazo en la sien.

—Tengo que encontrar esta casa y entregar mi carta de renuncia.

Restaurante La Rioja.

7:46 pm

Andrómaca y Braxton se encontraban sentados en una mesa central en el restaurante que tenía más madera de la ciudad. La Rioja, era un restaurante español con muchos vinos tintos para degustar. Los dos tomaban vino y Andrómaca miró a Braxton que serio él miraba a las demás personas.

—¿Todo bien en el trabajo, Braxy? —preguntó ella tomando atención en él.

—Sí, todo marcha bien.

—Me alegro, querido.

Él pensaba en que pudieran estar hablando esa pareja de amigos que entablaba una conversación profunda.

«¿Crees que los bollos deben de ser de cajeta de tejón, Alondro? Pero por supuesto, tal vez y también el caviar deba ser un sabor de cigarrillo, Algodona».

—Sí... todo marcha excelente.

—¿Alguna chica con la que te hayas acostado recientemente?

«Suiza tiene más de siete ciudades capitales, aunque los alemanes están interesados en hacerlas suyas, pero cuando esto pase la carrera armamentista que propone el Duque...»

—No, y no sé porqué lo dices si ya habíamos quedado en algo. Todo marcha excelente. No empieces de tóxica, Andrie.

Andrómaca golpeó con el puño la mesa y apretó los dientes.

—No me estás poniendo atención, ¿Qué te sucede?

—Nada, sólo escucho las pláticas superficiales de las personas.

—¿Ahora te interesan sus pláticas en vez de ponerme atención?

—No me dices nada y me dices todo. ¿Qué hacemos?

—Odio esas platicas tan aburridas que hacen las personas de estatus sociales altos. Son tan superficiales...

—Sí, pero pueden ser buenas personas.

—¿Qué insinúas?

—Preferible esas pláticas a algo que es falso. Andrie, tú y yo no podemos ser de nuevo pareja, ya está deteriorado.

—Braxton he decidido que quiero sentar cabeza ahora.

—No lo quieres, sólo te sientes sola o cuando ya ves que seguí adelante llegas y me lo quieres arruinar.

—No, yo te amo.

—No me amas.

—Sí lo hago.

Andrómaca comenzó a llorar desde sus ojos grises rasgados y se le oscurecieron. Las lágrimas bajaron por sus mejillas rosadas.

—Pero ¿Por qué ahora? —preguntó molesto.

—Tú también me amas, es lo que siempre has querido y tener conmigo. Te quiero decir que ya estoy lista.

—No, no, no, no te pregunté nada, de hecho, ya me habías olvidado. Te ausentaste por mucho tiempo. Tomé ya otras decisiones respecto a tener una relación. Lo nuestro ya es historia pasada.

Ella pensaba y pensaba para saber que decirle.

—No dejas de amar a nadie, menos cuando estabas enamorado de mí. Dime ¿Es por la otra chica? ¿La de cabello negro y ojos grandes?

¿Cómo sabe ella de Camila? Se preguntaba él.

—¿Qué chica de cabello negro?

—Hazte pendejo. No me mientas... los he visto.

—No es de tu incumbencia.

—¿Por ella es que no quieres entregarte pleno a mí, Braxton?

Decisión decisiva. Tenía que jugar bien sus cartas para librarse de ella sin armar una revuelta en La Rioja.

—No, sólo es una amiga. Tendría que analizar bien tu propuesta.

—Amor mío, no tienes que analizar nada, dejarías de trabajar para la agencia, tu futuro está resuelto conmigo. Podríamos viajar por el mundo, probar los mejores vinos.

—¿Ir a Suiza al nuevo lugar de pedicura?

—Emm... –meditó ella–. Sí, si te gusta eso.

—Y me gusta más la ginebra, no sé si los vinos...

—Podemos ir a Escocia o a Inglaterra donde naciste. ¿De verdad crees que esa amiga tuya, te querrá por lo que eres? ¿Sabe que eres un asesino?

—Sí, lo sabe y está de acuerdo.

—Se asustará eventualmente, te verá como un monstruo. Yo, en cambio, querido, te quiero por lo que eres. Sé quien eres, de donde vienes y a dónde irás. Ahora, si me disculpas, voy al tocador y regresando nos vamos a mi departamento a coger, que ya ando cachonda.

Él puso los ojos en blanco, había dado ella en el punto. Lo conocía de pies a cabeza y sí, tal vez y si lo amaba por lo que era, pero tendría que dejar ya a Camila. Sentía que Camila podría ser una niña que pudiera amar y tener familia, pero era tan distinta a él, no le gustaba esa vida elitista o ese mundo superficial. Con Andrómaca ya estaba acostumbrado. Se había enamorado ya de ella y quería todo con ella, a pesar de que tenía mucho dinero, su mundo no era banal, era más interesante y excéntrico. Aunque ahí sería la mascota de ella, su perrito que llevaría a todos lados. Estaba confundido, pero ese día, la batalla la había ganado la costumbre y el poder: Andrómaca. El pánico lo alteró y su decisión fue huir de ese restaurante. Andrómaca se asustaría pero ya se tenía que empezar a alejar de ella no quedarse cerca. Camila era lo mejor ahora para él.

Vámonos que aquí espantan.

Tomó el sobre de su bolsillo del saco y lo abrió. Sólo un nombre venía en él.

Jaime Roan.

—¡Ohhhh mierda! ¡Esto ya se está poniendo personal!

Andrómaca regresó a la mesa y no encontró a Braxton.

—¡Hijo de puta! Se fue.

—Tranquila, mi querida, sé lo que se siente.

—¿Tú quién eres? —Le preguntó enojada Andrómaca al hombre de traje negro y camisa blanca que se sentaba en su mesa y le sonreía diabólicamente.

—Soy un aliado tuyo que quiere acabar con la relación de Braxton y Camila, mi prima. Tobías Goth, mucho gusto.

Andrómaca le sonrió feliz y se sentaron.

—Soy todo oídos, Tobías Goth.

—Es simplemente sencillo, querida...

—Andrómaca —le dijo ella.

—Andrómaca, nombre poderoso de mujer poderosa.

Ella se sintió orgullosa pero sabía que tipo de personas eran los Tobías.

—Ve al grano.

—Quiero mucho a mi prima y creo que tú la repudias. Te vi en la casa de mi madre ayer viendo cómo querías ahorcar a los dos, yo estaba igual. Yo no soporto a tú querido novio. Vengo a idear un plan contigo para separarlos.

—¿Qué sugieres?

—Pensaba decirle a Camila que se sigue viendo contigo y qué tiene novia.

—O pudiera desaparecer a tu prima, así de rápido. —Chasqueó los dedos rápidamente.

Tobías abrió los ojos del plato.

—¡Uou, tranquila, *mon chérie*! nada de eso. No lleguemos a ese límite.

—Braxton debe de quedarse conmigo, no sé qué advertencia le tengas que decir a tu prima, pero se debe de ya alejar de él.

—Veré cómo me las ingenio con Camila.

—Más te vale. —Lo fulminó con la mirada.

—Uou, querida... tienes un aliado aquí, seamos amigos.

—Aleja a Camila de Braxton y seremos amigos.

Tobías la miraba despectivo. Sonreía maléficamente, pues él pensaba también que si Braxton no dejaba a Camila, él lo podía desaparecer.

15. Pláticas con la señora de la casa

Apartamento de Braxton

7.23 am

Pensaba mientras se duchaba como hubiera sido su vida con Andrómaca si ella se hubiera enamorado de él hace tiempo cuando él tenía un romance genuino con ella. Una vida segura con muchas riquezas, trabajo estable, familia, viajes, un departamento de lujo en la ciudad. Todo era pasado, ahora sí aceptaba tener eso con ella, lo iba a tener, pero ahora este apartamento sería el lugar más radiactivo de la ciudad. No quería eso. Quería algo nuevo con Camila.

Estación de Policía.

8:00 am

Los agentes Roidriguez, Doiminguez y su capitán McCormis estaban reunidos viendo las fotos del asesinato del día de ayer. Era uno de los tres Ríspidos que faltaban, no era el cabecilla, sino uno de los súbditos. Faltaban dos. La noche anterior, en un intento de matar a uno de los integrantes de la agencia J, uno de los Ríspidos que era Stuggar, había muerto en manos de su víctima en una calle desolada.

—Jefe, no entiendo porque tenemos que atrapar al asesino si nos está ayudando a exterminar a los Ríspidos —explicó Doiminguez.

—Porque es eso, un asesino, no puede haber ninguna banda suelta por ahí. Nos faltan dos Ríspidos —le respondió el capitán McCormis.

—Y seguros.

—Seguro los matarán. Pero tenemos que hayar a este asesino y si opera solo o con un grupo de criminales. Encuéntrenme más pistas para saber quién es este rubio que anda asesinando criminales. —Les mostró el retrato dibujado de Braxton.

En algún parque.

11:00 am.

Braxton tomaba su segundo espresso del día en un vaso de cartón para llevar. Sentado en una banca de metal color gris oscuro meditaba acerca de lo que ha sido su vida en menos de dos semanas. La llegada de Camila en la fiesta, la gran casa de la Sra. Matilda Izaguirre, la reaparición de Andrómaca en su vida y los asesinatos habidos y por haber de una familia en particular. Entonces se preguntaba —*¿De verdad hacen cosas malas estos dos sujetos para que merezcan morir o es ya un asunto personal?*

Recordó esa oficina con los cientos de papeles de chicas extranjeras que habían llegado al país y se les había cambiado el nombre, así como el nombre del tío de Camila para las importaciones de esa droga o lo que sea, y si Samuela y Julián tenían algo que ver en ese asunto. Si era verdad, que merecían morir..., ¿por qué ahora se relaciona con la mujer que le ha robado su corazón?

Pensaba en su viejo amigo difunto Ferrán, que le hablaba de su chica especial antes de morir.

«*Ella es como el arte, al verla te puede impresionar, puede atrapar tu atención por horas, toda ella es un escenario digno de apreciar.*

Ojos grisáceos, pelo rubio ondulado, flequillo, alta, de gran aspecto y carisma, hermosa como ninguna, cuerpo de Diosa.

...Siempre nos reunimos los domingos en su casa a las afueras de la ciudad, es una cabaña con mucha madera, piedra y detalles en acero negro. Se oculta a la vista de todos con esos grandes pinos, pero cuando entras está tan iluminada como el sol.»

Tenía que seguir recordando porque tenía que renunciar a J, la llamada acerca del sujeto que tenía que liquidar ya se había realizado.

—Es un sujeto altamente tóxico para la sociedad, su padre y abuelo eran los que traían más chicas jóvenes y menores de edad al país para ser prostituidas y las drogas las mantienen activas para los clientes. Tu trabajo, Sr. Hall, es liquidarlo fuera del bar que acostumbra los viernes en la calle Menta a las 10:00 pm, es el único bar y lo verás porque tiene actitud sombría y siempre lleva mancuernillas doradas en sus puños. Del no ser concretada la acción, otro lo hará y se te pondrá una etiqueta roja.

Cuando te advertían con etiqueta roja era cuando la misión era extremadamente crítica y únicamente el mercenario en cuestión debía de acatarla personalmente. Si la etiqueta roja se ignoraba, otro mercenario de la agencia podía hacer el trabajo pero el otro, el del trabajo asignado, estaba bajo búsqueda y captura.

¿Quién pudiera conocer este tipo de lugares a las afueras de la ciudad? Sólo alguien con mucha experiencia y social. La señora Matilda.

Casa de la señora Matilda.

4:45 pm

Cabía la gran posibilidad de que Braxton se topara con Camila, no podía ya decirle nada de lo que pasaba de su hermano y papá, y tampoco acerca de que se veía con Andrómaca. Entraba y todo estaba muy solo, los sirvientes limpiaban y hacían su trabajo. Parado en medio del patio con los grandes ventanales que daban hacia el jardín y mirando el gran brillo del mármol beige en donde sus zapatos y su figura se reflejaban por lo pulido que estaba.

¿Ser o no ser? ¿qué trabajo secundario podría hacer un asesino a sueldo?

El sirviente que entraba por el pasillo aledaño al patio se acercaba a él lentamente.

—Señor Braxton, la señora Matilda lo esperará en el Gran Salón. —Cuando lo vio dudoso, este le indicó la dirección a donde se debería de dirigir—. Es aquí derecho pasando el umbral.

El Gran Patio era el patio colindante al central y este estaba más cerrado, tenía ventanales grandes de piso a techo con marcos de acero, cúpulas grandes que estaban pintadas con decorativos clásicos de la era romántica, había una barra al centro con una decoración en cristal que estaban limpiando los sirvientes. Sólo una mesa la estaban activando y era una de dos sillas estilo barroco con asientos en tela color blanco en piel y una mesita de piedra de mármol carrara y patas en oro. La señora Matilda yacía ahí sentada.

—Matilda, hola… Todo se ve muy… solo –le habló Braxton llegando a la mesa.

—Siéntate querido, todo esto es porque tendremos una fiesta en tres días y están limpiando. La fiesta es el festejo de un conocido mío y se espera llenar el lugar. ¿Gustas algo de tomar?

—Tal vez y esta vez necesite algo más fuerte que un té.

—Te prepararán algo especial. Veo que tienes un asunto de que hablarme.

—Si...

Se quedó pensando por donde tenía que iniciar...

—Tómate tu tiempo y con la bebida saldrán las palabras, tenme la confianza que yo te podré ayudar.

Era el momento adecuado para no pagar psicólogo y darse a entender en sus problemas para solucionarlos. Llegó el mesero con una botella de champaña, dos copas y una hookah que sacaba vapor.

—¿Celebrando?

—Por el final de una temporada y el inicio de una mejor.

Les sirvieron y tomaron. Matilda le ofreció que le diera una calada a una manguera de la hookah y este le dio una fuerte y se sintió renovado y más tranquilo con el sabor fuerte pero agradable que tenía.

—¿Cómo van las cosas con mi sobrina, Braxton?–Comenzó la señora que adoptaba una postura de oyente experto.

—Bien... aunque tengo problemas con mi trabajo, que por cierto ya le confesé a Camila que hago...

—¿Y qué es eso?

Se tomó toda la copa y fumó.

—Asesino a sueldo.

Ella no hizo ninguna expresión.

—¿Aceptas eso?

—Yo no, pero todos trabajamos de algo en esta vida, ¿matas a todo tipo de gente?

—No, sólo a gente mala, hombres y mujeres adultos.

—¿Cómo a mi hermano?

Se le atoró el humo en la garganta y tosió desesperado.

—¿Có- como sabes?

—Supuse que la agencia J lo había matado, pero no sabía que habías sido tú.

—De verdad lo siento, no sabía quién era y tengo que cumplir esas demandas.

—Me duele mucho, pero lo entiendo y no te preocupes, la vida me ha enseñado a no guardar rencores. No fue personal.

—Pero lo que si lo es... es esto.

Le mostró el papel con el nombre de su sobrino Jaime. Ella manteniendo postura se lo devolvió.

—Si no cumplo esta misión me matarán a mí. Lo volvieron personal.

—¿Conoces a la agencia?

—No, no sé quienes son. Por eso acudo a ti, tengo que parar esto antes de que me asesinen y asesinen a tu familia ellos mismos. Es una agencia con muchos mercenarios. Tú sabes de la agencia J.

—He escuchado de ella, porque son a los que acudes si necesitas eliminar a alguien que te está molestando o te debe dinero, pero no sé quiénes son. ¿Cómo te podría ayudar?

—Verás, hay un lugar a las afueras de la ciudad que se esconde entre árboles, pinos; con un camino de piedra, y es una cabaña de madera con acero negro, muy iluminada. Mi amigo, Ferrán, que en paz descanse, se enamoró de una familiar de la agencia y acudía a ese lugar. La única manera de frenar esto es renunciando y acabando con ellos.

Ella meditó y meditó, tomó de la copa de champaña y dio leves caladas sacando el aire por la boca.

—Tienes que hacerlo, hijo, desafortunadamente si lo convirtieron personal, pero tienes que hacer lo correcto y encontraremos la manera de descubrirlos. Esa casa que me dices es una que está en el este, exactamente se esconde donde está el tanque elevado y ese letrero de los Grandes Pantalones. Cien metros más adelante esta ese camino empedrado. Acudí a una celebración hace mucho. Es de una de las familias más adineradas de la ciudad.

—¿Quiénes son?

—Una familia con la cual tu amigo nunca se debió haber metido.

—¡Vaya, tendré que ir!

—Hoy no, ve a hacer lo correcto con Jaime, tal vez y tú podrías salvarle la vida. Hazlo por Camila.

—Lo haré. Pero ¿Qué pasará cuando Camila se enteré de lo que hice con su padre?

—Hablaremos con ella, tal vez y le afecte, pero entenderá que no estaba en ti. Camila es una gran chica, es joven, inteligente, ambiciosa y de gran clase. Tiene el mundo a sus pies. Está en ti hacer lo correcto para ganártela. Y te recomiendo, que lo hagas. Esa familia es peligrosa, así como tu trabajo, no dejaré que sigas con ambas cosas. No por el bien de esta familia.

Se escuchaba una voz entrar en el patio, era Tobías que entraba elegantemente con un traje gris oscuro y camisa negra. Braxton miró a la señora Matilda con firmeza y gran carácter y le respetaba. Tenía que alejarse de Camila o dejar el trabajo y limpiar esa agencia. Tenía que tomar una decisión.

—Sé que tiene muchas dudas, hijo, sé qué en tu cabeza hay otra mujer. Amo a mi sobrina y sé que tienes asuntos que resolver, pero te recomiendo que antes de las fiestas te pases un día a las 3:00 pm, pasa por aquel atrio, hay una puerta de madera, pasa por la cocina de servicio y en el segundo jardín hay unas escaleras que dan a un lugar. Te darán respuestas. Ven con la mente abierta. —Tobías se incorporó a la plática —. Hola, hijo.

—Hola, madre. —La besó en la mejilla y barrió a Braxton.

—¿Qué hace él aquí? ¿Sabías que tiene dos novias?

Braxton la miró entre cejas, no sabía que decirle y estaba confundido, pero era una mujer sabia y este lugar ya lo había transportado a la Habana y estuvo increíble. Le haría caso. Observó luego a Tobías y su pregunta.

—No molesto más, Sra. Matilda. —Se intentó marchar.

—Sí, sé que está en el proceso de sólo tener una novia, hijo. Ya se va —le habló delicadamente a su hijo.

—No te acerques ya a Camila, patán.

Braxton se devolvió hacia él.

—No tienes voz ni voto aquí, Tobías. Déjanos en paz.

—Te advierto, si no quieres que...

—¿Me estás amenzando? —Lo miró a pocos centímetros de distancia y Tobías estaba nervioso sonriedo enfrente de él. Braxton estaba iracundo.

—Sólo es una advertencia, hombre. Ya te ibas, ¿no? —Braxton se marchó. —Vaya sujeto, madre. No sé qué hacen ustedes dos con él.

—Nos está ayudando y tiene sentimientos por tu prima.

—Madre, tiene dos novias.

—No, la otra es su ex novia, sé está deshaciendo de ella.

Tobías se queda pensando.

—No estoy de acuerdo, es más ¿a qué se dedica este tipo?

—A algo no tan bueno. Hijo, ¿podrías ir a ver si ya pusieron la nueva alcoba? Pregúntale a Ferdinando —ordenó Matilda.

—Claro, madre.

Tobías se marchó hacia los pasillos y ahora tenía grandes inclinaciones a seguir a Braxton para saber a qué se dedicaba «que no era tan bueno» para tener más armas contra él y Camila.

Braxton al salir de la casa miró ese gran árbol donde se besó con Camila dos veces. Suspiró y se marchó a ese bar de la calle Menta.

Calle Menta.

9:59 pm

Braxton aguardaba en la lluvia esperando a que saliera Jaime con esas mancuernillas doradas. Respiraba hondamente. La agencia investigaba demasiado bien a la gente que mandaba matar. Sabían sus hábitos, horarios y vestimenta. Todo para que se

ESPRESSO a las 9

cumpliera su labor de limpiar la ciudad de la escoria. Así que, un minuto después, salía a fumar el hombre de aspecto extraño que al sacar la cerilla y fumar se asomaron sus mancuernillas doradas.

—Vamos, Brax. si le das a lado del corazón y atraviesa sólo lo tumbarás, pero no lo matarás y se habrá hecho.

Pasaron los minutos y no se decidía, Jaime ya llevaba dos cigarrillos y estaba a punto de volver al bar donde iba a ser más complicado.

Tobías a lo lejos lo observaba sin ser descubierto. Miraba como Braxton sacaba la pistola y apuntaba.

¿Con qué asesino a sueldo, eh? ¿Es eso lo que tanto le oculta a Camila? ¿Y vas a matar a mi primo? ¡Uou! Cada vez esto se pone mejor.

Braxton sacó su semiautomática y apuntaba. Una silueta con sombrero lo miraba a él. No sabía que era Tobías. Su corazón se agitaba y latía fuertemente.

—¿No te atreverás? Te acobardas, Braxton. De seguro trabajas para J, seguro, son los únicos que se atreverían a tocar a los Roan. Si no lo matas tú, te haré el favor yo.

Braxton no podía matarlo, tenía que ser muy certero en el disparo. Jaime se estaba marchando de vuelta al bar, era ahora o nunca. Sonaron tres disparos. Alguien se había adelantado. Jaime yacía ya muerto en la calle. La silueta negra de Tobías se acercó un poco a él y luego se alejó.

—¡Ey! ¡Espera! —le gritó Braxton.

Tobías al llegar a su casa, sólo sonrió limpiando su semi automática y quitándose los guantes.

—¿Cómo reaccionará la dulce Camila cuando sepa que mataste a su hermano a sangre fría y cuando tu trabajo se entere que te acobardaste y otro lo mató?

16. Romance en la calle Rosa

Apartamento

9:00 am

Braxton se tomaba cuatro espressos al día, regularmente, todos iban sin azúcar o suplementos de leche o cualquier crema para complementarlos. Ya había tomado el primero desde su cafetera moka. Pero este día, él estaba dedicado a pasarlo tomando esos diferentes tres espressos con una persona en particular: Camila Roan. El amor de Camila había llegado ya a su corazón con doble carga, no sabía como había llegado, las partes negativas de su vida desaparecían cuando se ponía a pensar en su melena negra, en sus ojos azules, en su piel tersa y clara; sus mejillas rosadas, su pequeña nariz respingada, sus hoyuelos cuando reía, su delgado y sensual cuerpo; sus manos, y pies refinados y bellos que cuidaba ella muy bien. Todo lo malo desaparecía de repente…

Mientras tanto, los últimos dos Ríspidos se preparaban para dar un asalto a dos importantes jefes de la agencia J y luego tener de vuelta a la hermana de Braxton, de la cual no sabían de ella hace mucho tiempo; la idea era matar a estas cabecillas de la agencia J para recobrar poder y honor. Temían la muerte, pero tenían que vengarce.

La mano derecha de los Ríspidos se preparaba para disparar a plena luz de día en el café donde se sentaban estos dos a platicar. Tobías solo, estaba sentado en otra mesa tomando café y viendo el periódico. El Ríspido desenfundó la Colt y apuntó para descargar todo el cartucho cuando otros dos en otra mesa lo abatieron hasta dejar un cuerpo con doce orificios y sangre. Las cuatro personas, incluyendo una mujer se retiraron rápidamente y la gente gritaba asustada en el café cuando se resguardaban incluyendo a Tobías que miró con ojos de plato a las personas que se fueron. Las únicas personas que tenían esa habilidad para matar y andaban con precauciones era la agencia J y tenían pleito casado con los Ríspidos y Seguros desde siempre.

—¡No lo puedo creer! ¿Eran ellos?

Afuera de la casa de la familia Roan.

10:01 am

ESPRESSO a las 9

La mansión aguardaba muchas personas fuera y algunas comenzaban a entrar. Todas vestían prendas negras. El funeral de Jaime Roan se llevaba a cabo.

Esta vez yo no lo maté, así que puedo entrar a dar mis condolencias se dijo a si mismo Braxton.

Vestía un atuendo de grises oscuros, corbata negra y zapatos negros con blanco. Su pelo largo rubio sucio estaba peinado hacia atrás. Tenía barba de tres días que lo hacía parecer más grande y más maduro. Le entró una flojera de rasurarse ya, se propuso a dejarse la barba rubia que le salía y pocas veces había dejado ver a alguien. Entró a la mansión desde los escalones de piedra y la gente pasaba por el recibidor hacia un cuarto conjunto donde estaba la caja de Jaime. Camila y la Sra. Matilda atendían a los invitados. Braxton localizó primero la cocina. Quería un segundo espresso. Camila lo había visto ya. Cuando este llegó a la cocina, que era una obra clásica detallada en color gris oscuro y rojo en madera con detalles en oro y cubierta de mármol blanco con betas grises, buscó la pequeña cafetera de espresso. La señora de la cocina le ayudó a servirle.

—No se preocupe, joven, yo se lo sirvo.

—Gracias, Sra. Pero, ¿le puede poner algo de azúcar mascabado? La refinada es para plebeyos.

La Sra. asintió, ya había escuchado esa frase antes en esa casa. Camila entró y confundida le preguntó en voz baja:

—¿Qué haces aquí?

Braxton se giró y queda apenado porque hacía que sus sirvientes le sirvieran un espresso.

—Yo sólo vine por un café.

—No, me refiero aquí, en mi casa. ¿Cómo sabes donde vivo?

Braxton investigó muy bien donde vivía, aunque ella nunca le había dicho.

—Investigando, muñeca.

Se le acercó y le besó tiernamente los labios con un ligero y tímido beso.

—No es un buen momento, Brax. Mi hermano fue asesinado el día de ayer. Nos entregaron rápidamente el cuerpo en la madrugada y hoy lo estamos velando.

Tobías los miraba, tenía que decirle a Camila que él lo había matado y también a su papá.

—Lo sé y lo siento mucho, por eso es que estoy aquí. Sé que no es el momento ni el lugar para hablarlo, pero hay gente que está en busca de tu familia.

—Sí, lo sé. Los mismo que mataron a mi papá mataron a Jaime y no es el lugar para hablarlo, aunque... me da curiosidad saber de donde tú sabes todo esto.

—La gente comienza a hablar por las calles.

—Maldita gente. —Cambió su cara por una más amable y tierna—. Me encantaría que te quedaras a acompañarme ¿Vamos?

La señora de la cocina le da la pequeña taza de cerámica y este agradeció, y del brazo caminaron por los pisos color verde en mármol hacia el cuarto con el féretro. Mucha gente llegaba y todos daban sus condolencias. Matilda Izaguirre tomó a Braxton y lo separó de Camila.

—¿Con qué si fuiste a hacer el trabajo, ha? —le recriminó seria y en voz baja para que la gente no sospechara. Tobías comía unos canapés viéndolos como discutían.

—No, Matilda. No fui yo, era mi trabajo, sí, pero otra persona se me adelantó. Yo lo quería salvar.

—Pues no lo hiciste, tremendo cabrón, y ahora temo que vayan a por mí o por mi sobrina. La agencia no parará hasta borrarnos del mapa.

—No lo harán, los encontraré.

Ella aligeró el gesto endurecido del rostro y miró a Camila que los miraba de reojo.

—¿Supiste quién lo hizo?

—No, sólo miré una sombra. Debió de haber sido otro de la agencia.

Jaja, no, fui yo y te voy a incriminar, imbécil pensaba para sus adentros Tobías.

—Quiero que entretengas hoy a mi Cami, no quiero que se llene de pensamientos de asesinatos y que tenemos un blanco en la frente. Necesita distraerse. Visita ese lugar junto a los jardines, servirá. Ve a lugares lindos. ¿Qué pensaste acerca del asunto de la otra mujer?

—Sí, lo he pensado y la quiero a ella, a mi Cami. Me olvidaré de la otra chica.

—Buena decisión.

Braxton se machó y Tobías llegó con su mamá.

—Madre, le tengo un chisme.

—Ahora no, hijo. Ayúdame con los invitados. —Lo ignoró.

—Madre, Braxton si mató a Jaime, yo estaba ahí en ese bar, le disparó y huyó como un cobarde.

—¿Qué hacías ayer ahí? —le preguntó molesta.

—Err, tomaba con mis amigos. Pero, madre, le tengo que advertir a Camila de este tipo.

—Tú no harás nada, deja de meterte en lo que no te importa, Tobías. —Lo fulminó con la mirada y Tobías se sentía impotente a eso, quería más a Braxton que a él. Tenía que vengarse, más ahora que sabía quién era la ex novia de Braxton.

Los Olivos del Ruiseñor Restaurante.

1:35 pm

Camila y Braxton estaban sentados en una mesa en la parte de la terraza. Camila seguía vistiendo su atuendo de saco ejecutivo negro, camisa blanca, falda larga entallada, botines negros con el sombrero grande negro que resaltaba su piel blanca. Camila hablaba de su viaje a Suiza y a Francia por quince días donde partiría después de la gran fiesta que daría su tía Matilda. Él sonreía y le tomaba la mano.

—Te extrañaré esos quince días.

—Si pudieras venir sería lo magnífico, sólo que es un viaje que necesito hacer con mi tía Matilda. El tiempo a solas me sirve de mucho.

Sabía él que ese viaje era para calmar las aguas que se desbordaban por la agencia J tras los Roan. Entonces él lo aprobaba al cien por cien.

—Ya habrá esa oportunidad de viajar juntos.

—¿Sigues pensando en ese plan de huir a una isla y vivir juntos para siempre?

—Sí, ¿Qué opinas?

—Opino que vayas como un caballero a rescatarme en Champs Elysees en un corcel blanco y me lleves a esa isla. Quiero empezar una vida nueva llena de romance y fuera de la elite de esta ciudad.

—Un lugar donde nadie nos conozca. Donde solo seamos una pareja de enamorados.

—Me encanta.

Su tercer espresso llegaba, esta vez iba cortado con leche y con un tiramisú que compartirían.

—Ven —le dijo Camila embarrándole poco del tiramisú en los labios a Braxton y con un sorbo de café cappuccino ella le besaba y le quitaba con sus labios el pastel. Él se saboreó ese beso y le sonrió.

—No me gusta el cappuccino, pero sí ese sabor que le das como a fresa con tus labios, muñeca. Sabes, Matilda me dijo que fuera a un lugar en su casa, junto a unos jardines y una cocina, un día antes de las fiestas a las 3 de la tarde, no sé a que se debe, pero tengo que ir.

—Mi tía y sus locuras, pero ya le haces caso, me agrada eso. Tal vez y debas ir mañana, avísame y estaré en el segundo patio a esa hora. Si quieres que te acompañe.

—Claro, sería bueno tenerte de cómplice.

Calle Rosa

5:54 pm

ESPRESSO a las 9

Caminaban tomados de la mano en la calle que más abedules, sauces y pinos tenía la ciudad. El empedrado de la calle lo hacía parecer una calle de un castillo de Europa. Tobías los seguía y se le ocurrió arruinarles su tarde haciendo una llamada.

—¿Aló? —Contestó Andrómaca.

—Hola, soy tu amigo. Mira, tengo algo que podría interesarte sólo tienes que venir a la Calle Rosa ahora mismo. Tiene que ver con Braxton.

—Voy para allá, espero valga la pena o pagarás por ello.

Colgó y Tobías los miraba feliz.

—Aquí, en esta calle, y en esa cafetería —apuntaba Braxton a la cafetería de color verde que tenía como nombre «Café au temps», —hacen los mejores espressos de la ciudad.

—Eres fanático del espresso, claro está.

—Lo soy y es que no me gustan los cafés largos porque no me activan como estas pequeñas cargas de poder.

—¿No sería genial que mi tía Matilda ponga una cafetería en donde sirvan también los mejores cafés y bebidas del lugar? A ella le encanta el servicio y los tés.

—La pondría si quisiera, su casa es enorme. Ya tienen el Club Magno.

—Le pondría su nombre o el de mi abuela.

—¿Café Matilda? –preguntó él.

—Café Magnolia, por mi abuela –respondió ella.

—Puede ser, aunque café te lleva a pensar que solo sirven eso, mejor otro nombre.

Entraron a la cafetería que estaba excelentemente iluminada. Pidió él un café espresso con crema de maple y ella otro espresso, pero con crema batida y caramelo.

—Veamos a que sabe esto –dijo Braxton al recibirlos y tomarlo poco a poco. Camila se llenó de crema la parte superior del labio y Braxton jugueteó con ella y la besó apasionadamente.

—¡Ey, perense! –exclamó el chico que les atendió en la barra asombrado en como él besaba a su chica–. No coman enfrente de los compas pobres.

—Nunca me dejes, Braxton Hall –habló ella divertida y soñando.

—Nunca lo haré, Camila Roan.

Salieron de la cafetería y Braxton se detuvo al ver la silueta en frente de la calle en donde a los pies de esos sauces llorones estaba Andrómaca mirándolos efervescente.

—¿Quién es, cariño? –le preguntó Camila.

—Es... sólo una conocida.

Se acercó a ellos y los saludó con una falsa sonrisa.

—Hola, Braxy. ¿No nos presentarás?

—Camila, ella es Andrómaca.

—Su...

—Vieja conocida –interrumpió Braxton–. Camila es mi novia.

—¿¿NOVIA?? –preguntó sulfurosa–. ¿No sabía que ya te comprometías? –Se alarmó increíblemente, Andrómaca.

Él tomó mas fuerte la mano de Camila. A ella le dolió ese apretón.

—¡Auch! –Sabía que en ella olía algo mal porque Braxton tenía una cara de haber visto a un fantasma y temblaba.

—Sí, desde ahora. Gusto en verte, saluda a tus padres de mi parte.

—Claro...

Se marcharon de ahí y Andrómaca se quedó petrificada y furiosa parada.

—Me las vas a pagar, ella y esa muchachita. Te lo dije, hijo de la gran puta.

—Créeme, funcionó eso. No te me pongas triste, bella Andrómaca —le dijo consolándola Tobías.

—¿De qué hablas? Me lo restregó en mi cara que ya tiene novia. —dijo violenta.

—Camila le preguntará por ti y saldrá al tema todo. Todo se le va a poner oscuro al pobre Braxton Hall, su única salida será o marcharse de la ciudad o el suicidio.

—Probablemente si no lo tengo conmigo, no lo quiero en este mundo, entonces, me las pagará.

—¡Qué extraña persona! ¿Seguro, no es tu ex novia, cabrón? —habló Camila y él rió nerviosamente.

—Quisiera ella...

Camila se quedó extraña pensando en qué si parecía un amor del pasado de él y que parecía altamente tóxica, pero muy hermosa físicamente. Braxton la acompañó a su casa, se despidieron sin hablar de ese tema. Él se marchó alegre a su apartamento.

Apartamento

10:46 pm

Braxton escribía su carta de renuncia a la agencia y tomaba su cuarto espresso con azúcar, leche descremada y un toque de canela cuando escuchó que tocaban la puerta. Se levantó y abrió.

—¿Cómo puedes ser capaz de hacerme esto? —Andrómaca con su rostro lleno de lágrimas y con el rímel cayendo por sus mejillas estaba parada afuera.

—¿Qué mierda haces aquí, Andrie? Creo que te dejé muy claro mis intenciones hace rato. Ya tomé una decisión.

—Sí, que ya no me quieres y eres novio de esa tipa. Mala decisión.

—No es ninguna tipa, es mi novia.

—Yo daba todo por ti, si buscabas una familia adinerada deberías saber que yo tengo más, tengo una casa a las afueras de la ciudad y otras más en Europa y en Australia. Lo sabes.

—No me interesa el dinero, la amo y estoy enamorada de ella.

—No lo puedo creer... —Siguiendo con el llanto miró lo que escribía Braxton en esa hoja de papel con la renuncia como título—. Me amas a mí, no me puedes dejar...

—No te amo, Andrómaca, yo amo a Camila, me iré con ella a vivir a una isla. Desde este momento tú y yo ya no somos nada. El pasado conoció al presente. Lo siento

—¿Así nomás? Después de lo que hemos vivido juntos...

Él se acomodó enojado y se paró febril enfrente de ella.

—No, no así nomás, yo pinches te esperé demasiado y moría por ti cuando estábamos juntos y tú nunca quisiste comprometerte conmigo. Yo quería una familia contigo, te idolatraba, quería vivir contigo y tener hijos que se parecieran a ti, viajar y siempre amanecer contigo. Siempre Espere-esso a las 9 de la mañana cada vez que me levantaba y tomaba mi primer café. Nunca me lo diste. Lo siento, es muy tarde ya.

Ella irradiaba ondas de calor con enojo, llanto y humo por los oídos. Como a una niña chiquita cuando le dicen que no le comprarán la casa de muñecas del escaparate de la tienda. Respiró hondamente, resopló y sollozando se limpió las lágrimas.

—Está bien, esto de verdad está pasando. La cagué y feo, está bien, soy el maldito pasado para ti. Sólo espero que recuerdes lo que te dije una vez, que te ibas a arrepentir de esto y no te gustará lo que va a venir.

—¿A sí? –la retó–. Pues deja caer tu tempestad, mujer. Nada me separará de ella.

—Ya veremos...

—Ahora, largo de aquí, que me intoxicas el ambiente en mi apartamento.

Ella lo miró iracunda por última vez, le dio la espalda, abrió la puerta y la azotó detrás de ella al marcharse.

17. En bote a la bahía

Hay muchas formas de hacer el espresso, el más conocido es el que viene del grano molido muy fino y que hace una pequeña capa de espuma, el siguiente fue el espresso cortado donde lleva la tercera parte de leche caliente. Los demás espressos son variantes, pero hubo uno que cautivó a Braxton este día tan especial. Enrico lo había invitado de paseo en bote con Oscar y Jonah. Se quedó de verlos en la casa de Matilda pues había un pequeño puerto a lado de la casa donde podían partir.

A las afueras de la casa de la Sra. Matilda.

2:45 pm

¿Qué mierdas hago aquí? se preguntó Braxton que portaba un saco negro, chaleco beige, pantalones de vestir negros y zapatos negros, portaba una boina de color gris oscuro y llevaba tirantes. Su barba ya había crecido un centímetro más y se le veía en más volumen. Los otros dos iban más casuales con boina, saco y chaleco. Todo en colores oscuros. *¿Qué hago aquí cuando la loca de*

Matilda me pide venir para encontrar respuestas y desahogarme sabiendo que tengo otra loca encima de mí? Andróloca

Hablaba de Andrómaca la cual no sabía si había hecho bien el haberla rechazado e irse con Camila que tampoco sabía si congeniaba del todo. *Sí, Matilda tiene razón, esta es mi salida a mis problemas.*

Entraron a la casa y caminaron hacia el segundo patio, nervioso miró como Camila sentada en una silla de terciopelo rojo, vestida con un vestido largo zancón blanco, sombrero blanco y guantes de igual color aguardaba a su llegada.

—Te ves... elegante –dijo él mirándola, pero parecía más una señora de la alta sociedad–. Cami, ellos son Enrico, Oscar y Jonah, amigos míos.

—Hola a todos, mucho gusto, Camila Roan, y gracias, son sólo atuendos. –Lo seguía mirando algo nervioso y ella también lo estaba–. Bueno, ¿están listos?

—Sí, aunque no sé si sea otro ritmo musical, de cualquier manera, estoy contigo. –Resopló

—Muy bonita casa –dijo Enrico.

Los otros dos solo seguían a la manada.

—Las chicas nos verán en el bote –dijo Oscar seguro de sí.

—¿Chicas? –se preguntó confundida Camila.

—Sí, invitamos a más mujeres para que no estuvieras sola, vamos a ir en bote a pasear. Es un día...

—Nublado y gris para salir en bote, Braxton, yo pensé que íbamos a estar en la terraza...

—Lo sé, pero necesitaba a mis amigos hoy y ya había quedado con ellos con lo del bote.

Camila pensó que sería buena idea estrechar lazos con gente de Braxton ya que él lo hizo con ella y sus amigos.

—Muy bien, pues andando.

Caminaron hacia la cocina de servicio, abrieron la puerta de madera y fueron hacia un camino empedrado entre los jardines, las nubes retumbaban y el cielo parecería que se caería en cualquier momento, y este camino se comenzó a desaparecer conforme unos arbustos grandes dirigían hacia una parte oculta.

—¿Cómo pudo construir tu tía este laberinto?

—Mi tío decía que ella era un enigma y ese enigma debía de reflejarse en la casa, ni él supo a qué se debían tantos lugares. Prácticamente él hizo de esta casa una mama...

—Nunca la llegaremos a conocer. —Interrumpió.

—¿Te conté que había veces que mi tío buscaba a mi tía en la casa y no la encontraba? Sabía que estaba aquí, como si jugaran a las escondidillas, decía que había asuntos que ella tenía que resolver...

Braxton y los muchachos seguían el camino empedrado que bajaba a unas escaleras de madera y hacía un arco de piedra que abría hacia el puerto donde un bote esperaba con dos chicas. Las dos vestidas más casualmente que Camila con sombreros pequeños, pelo corto y vestidos largos con grandes gabardinas. Una tenía el cabello rubio sucio como Braxton y la otra más castaño.

—Creo que hemos llegado.

Los chicos presentaron a las chicas a Braxton y a Camila. Se llamaban Kayla y Valeria. Se subieron al bote y Oscar encendió el bote para empezar a conducir. Todos se acomodaron en sus asientos y arrancaron. Conforme avanzaban, el cielo se iba despejando y cuando en este quedaron pocas nubes, de repente estaban en casi mar abierto y sólo unas grandes rocas los rodeaban. Oscar conducía a un lugar preciso. Pero cuando menos lo esperaron, como por arte de magia, ya todos vestían de diferente manera. Braxton se miró la ropa y tenía una playera polo gris oscuro de gamuza y unas bermudas de pana beige y unas alpargatas negras. Camila a su lado tenía unos shorts rosas, un cover negro y debajo usaba un top pequeño blanco, su pelo era más largo y bajaba un poco más de la mitad de su espalda. Las chicas iban en shorts, sandalias y bikini con playeras de franjas de colores claros. Enrico iba en short verde y camisa blanca.

—¿Pero qué *putas*?

—Brax, esto es increíble, creo que estamos en otra dimensión, lo sabía... es como... —hablaba Camila sorprendida y a la vez llena de alegría.

—La vez de La Habana...

—¡Oh, Dios, Camila! Ve tu atuendo.

Ella se miró y se quedó sorprendida. No lo podía creer.

—¡Esto-es-increíble! —Miró a Braxton que también había cambiado—. Vete a ti, nomás. Eres algo... increíblemente bello.

Él se miró y se asustó

—No puede ser.

—Chicos, tiempo de beber.

Enrico les entregó unos vasos con alcohol y hielo. Jonah experimentaba con una gran bocina portátil y de ahí se escuchaban ritmos de disco house. Vocales de hombres que parecían de los setentas.

—¿Y eso? —preguntó Braxton

—No sé, amigo, estaba ahí y yo sólo le apreté a ese botón —le respondió Jonah también confundido.

Oscar se levantó para ir con las chicas, este iba con una camisa más ajustada azul y shorts negros.

—Llegaremos a un bar que es una terraza por allá en una hora entonces vayan tomando y preparándose.

Se encontraba muy calmado y se sentó con sus amigas, y cuando menos lo esperó se miró a sí mismo y a ellas.

—¡¡A su madre!! *¡Pinche perro!* ¿Qué es esto? —exaltado este se paró y las vio asustado y a sí mismo.

—Relájate, te ves bien. Estamos en otra dimensión, como si viajáramos al futuro. Camila te lo puede explicar.

Camila se paró y a todos los puso en un círculo.

—Verán chicos, y de cierto modo ya lo sabía, pero en la casa de mi tía Matilda, hay un portal donde personas del pasado y del futuro pueden llegar, pero más que nada ese lugar te puede llevar a otros lugares en el futuro y pasado, y esto es lo que estamos haciendo ahora. Viajamos... —miró su *smart watch* y les dijo—, 99 años después de nuestro tiempo.

—No la puedo creer —dijo Enrico ¿Cómo? ¿Estoy soñando?

—No, si es posible y no sé cómo explicarlo. Pero esto... está pasando.

—¿Cómo regresaremos? —preguntó Kayla.

—De la misma manera, llegando a la casa.

—Oscar, ¿Cómo pinches sabes a dónde ir? ¿Cúal terraza bar? —preguntó Braxton muy confundido.

—La neta, hermano, no tengo ni idea, sólo hablé.

Dejaron de cuestionar y disfrutaron de su hora de camino. Bailaron un poco a la música desconocida y siguieron tomando ginebra. Al llegar al puerto de las grandes rocas, un mesero que vestía todo blanco les recibió y preguntó la reservación que estaba a Oscar Hernández. Los subieron por las escaleras de rocas y como a unos siete metros arriba estaba la gran terraza de columnas de madera blanca, sombrillas de colores blancos y azules y había mucha gente en ese bar. El mesero de playera polo blanca los condujo a una periquera de madera blanca con bancos verde menta. Los siete se sentaron. En la música Mauro Vecchi, con su habitual sombrero y camisa hawaiana era el DJ y tocaba *Love Dancin' Alone.*

—Chicos, bienvenidos, ¿algún Spritz o Espresso Martini que deseen?

—Dijiste ¿Espresso Martini? –Braxton preguntó.

—Sí, ¿quiere uno, joven?

—Mas bien dos –dijo animada Camila–. ¡Qué emoción! Espresso Martini.

—Cuatro –dijo Valeria emocionada

—¿Café con un Martini de vodka?

—Sí –dijo el mesero–. Espresso Martini.

—Nosotros queremos Tequila en shots y algunas sodas aparte, hermano. –Le ordenó Oscar lo que pedía por sus amigos.

—Enseguida.

El mesero se retiró y los siete conversaban felices pues estaban fascinados con su nueva experiencia. También miraban su alrededor, los meseros de blanco llevaban copas azules y blancas, había también una zona con sillones que llevaban vestiduras de rayas azules y blancas, base de madera y cojinería azul o roja. Las chicas de vestido bailaban con sus copas y otros en la barra platicaban con el barman. Estaban en otro mundo ya.

—¿Como no sabíamos antes de esto? Hubiéramos hecho esto ya varias veces –le habló Braxton a Camila.

—Es un enigma, te dije. Mi tía me dice que lo hace de vez en cuando, no por mucho porque luego dice que puedes volverte loco y no vivir tu vida.

Miraban a las personas, la música de Mauro Vecchi que tocaba en vivo, había una chica rubia de gafas negras, pantalón ajustado y una camisa holgada donde el bra se le veía, iba con un sujeto de pelo negro, ojos color azul e iba bien vestido en saco beige y camisa blanca.

—¿Disfrutan la fiesta, amigos míos?

—Sí, aunque no sabemos donde estamos parados.

—Mmmm... –pensaba la mujer rubia–, no pregunten qué año es ni donde es, solo les puedo asegurar que están en el lugar indicado. La vida es hoy.

Todos se quedaron perplejos con su comentario.

—El DJ toca excelente música, debería de ir por un Moscow Mule o un Espresso Martini, los va a animar –dijo el hombre.

—Enrico, esta vez no le digas nada al DJ porque no conoces la música, ya ves que te pasó la otra vez con ese DJ Alex.

—Tranquilo, hermano, que estoy disfrutando.

—Vamos, Him, tenemos que saludar a los demás invitados –le dijo Rosalinda

—Hey, Rosie, espera ¡Las bebidas!

Los chicos los vieron partir, recibieron los Espresso Martini y el tequila del mesero y comenzaron a beber.

—¡Oh, Dios! ¡Esto es buenísimo!

—¡Ya seeé! ¿Qué onda?

—¿Por qué hablas así?

—No lo seeé –dijo Camila divertida y comenzó a bailar.

La gente pululaba alrededor del DJ y bailaban desinhibidos.

—No creerán, pero se inspiraron en algo de las islas griegas para esta fiesta, por eso las columnas griegas y las buganvilias que cuelgan en las pérgolas –Mai Leandro de peinado de lado, camisa azul, pantalón zancón beige y zapatos cafés bailaba con una botella–. ¿Una gárgara?

—¿Qué? –preguntó Braxton.

—Vamos, una nomás, es que no hay vasos, ¿Tú, Cami?

—Sí, *jalo*.

Braxton la miraba divertido. —¿De dónde sacó ese vocabulario?

Mai le sirvió un trago a la boca de Camila.

—¡Woow! ¿Qué es?

—¡Venga Camila! ¡*chate otro*! –le animó Enrico

—Don Julio 70, ¿bueno no? —Mai la miró curioso—. ¿Camila? ¿Eres sobrina de Matilda Izaguirre? –preguntó Mai qué se acercó a ella y Braxton le arrimó un banco para que se acercara y comenzó a convivir con los otros seis.

—Sí, ¿cómo la conoces?

—Es muy amiga mía, la conozco desde hace seis años en una de sus fiestas, ella me presentó a este mundo y la verdad es que ya me quedé aquí, –se rió–¿Cómo ves?

—Oh, ¿entonces eres uno de los que se quedaron atrapados?

—No lo veo así de malo de «atrapados», simplemente me encanta viajar en el tiempo y la casa de tu tía es el lugar para eso, pero no tenía el placer, entonces eres la que se quedó viuda o algo así, me contó algo de que una sobrina suya sufrió una tragedia en los años 20 en una balacera en su casa y jamás se recuperó del accidente.

Camila se mortificó tanto que dejó de tomar y abrió los ojos de plato.

—¿Cómo dices?

—Creo que si eras tú, porque si mencionó el nombre de Camila y un novio o esposo que había muerto en esa fea balacera en su casa... un inglés.

Mai miró al acompañante de Camila y este era el inglés. Dejó de hablar.

—Perdona, creo me he equivocado. Iré a ver a otros amigos –le dijo apenado.

—No, no, Mai, regresa, ¿Cómo que una balacera donde muere mi novio inglés?

—Me he de haber equivocado, lo juro... ¿él es tu marido?

—Pronto lo será, pero, ¿Cómo?

—No lo sé, Cami, pero, algo feo se viene y ustedes están implicados. Me voy, gusto conocerlos chicos, a disfrutar.

Mai se retiró y Camila se quedó en estado de pánico.

—¿Todo bien, amor? –Braxton se le acercó besándola y viéndola.

—Sí. –Sonrió y cambió de tema tomando su espresso Martini–. Con qué así son las fiestas en Grecia ahora, ¿eh?

Braxton se terminó el Martini. Pidió otro.

Camila se perdía entre la gente, mientras que él seguía pidiendo Espressos Martinis al mesero y se preguntó cómo los hacían. Platicó con Jonah y Oscar. Las chicas con Enrico se pararon a bailar y Braxton a la que no podía dejar de ver, que bailaba desinhibida, era Camila. Su belleza en el futuro lo atrapaba y sólo era a ella a quien veía entre toda esa multitud. Him y Rosalinda llegaron de nuevo. Vieron a Braxton

—Creo que la amo. Es una en el mundo.

—Ve a por ella, no la dejes ir.

—Claro, que sí, Rosie. Gracias y muy buena fiesta.

—¡Ey, tío! no se te olvide tu Espresso Martini, que en 1920 no había. Escucha Braxton. —Se sentaron enfrente de él—. Tengo una tarea para ti ya que veo que la armas muy bien para consultor y es que tengo algo que hacer de vuelta en casa y es que hay un tipo que necesito que ayudes en un problema con el amor.

—¿Cómo sabes todo eso?

—Digamos que nos dedicamos a lo mismo, mira, ayúdame en esta, pues es importante para el futuro, ¿recuerdas lo que dijo Matilda de crear un lugar para sus invitados y Camila, tu novia, de hacer una cafetería con tés? —Him tomaba su champaña y miraba profundamente a Braxton y Rosalinda de igual manera.

—Sí...

—Pues este hombre, Mauro, es importante para este plan pues en conjunto con la chica con la que lo tenemos que emparejar van a crear este lugar en el futuro.

—Está bien, pero ¿que tengo que hacer?

—Mira, toma un bote de abajo y dirígete con el chofer a dónde te llevará, es en Mónaco y él estará en un restaurante cenando, acércate y ayúdale con el tema de Matilda. Haz todo lo posible para que entre en sus sentidos y no desaproveche a esa mujer, pues se tiene que casar con ella. Tú sólo haz lo que siempre haces con las chicas en LaGuerta y no reveles tu identidad ¿okay?, pues eres yo y yo soy tú. –Le estrechó la mano y este cambió de actitud a una más obediente y pasiva–. Regresarás de inmediato a tu vida una vez terminado este asunto. Ahora, ve con tu novia que tienen que disfrutar.

Braxton se levantó de su banco y se fue con Camila que la tomó de la cintura y ella lo miró perdida.

—Me quedaría aquí para siempre.

—¿90 años más tarde?

—Sí, la música, los atuendos. Estás hermosa, y creo que te amo.

—¿En serio? –preguntó ella mirándolo.

—Sí, daría todo por ti, lo dejaría todo porque te quedaras. –Ella lo tomó de las manos y se rió.

—¿No es esa una canción?

—No.

Le creyó.

—Yo también te amo, Braxton.

Se besaron mientras escuchaban al DJ que cambiaba de música.

—¿Crees que se pueda hacer esta bebida cuando salgamos? ¡Es simplemente buena! Una reverenda chingonería. —Braxton le habló tomándose todo el Espresso Martini.

—¿Por qué hablas de esa manera? —preguntó Camila preocupada pero sonriendo feliz al ver a su amado disfrutar de la fiesta.

—No sé, bueno, tú también hablas raro. Te veo en casa de tu tía, tengo que hacer un mandado de un amigo.

—¿Mandado?

—Sí, luego te explico. Te amo, querida. —Le besó la mejilla y Braxton fue por Oscar.

—Amigo, vamos al bote.

—Paro, ¿ya listo, papi?

—*¡A huevo, jalamos!*

Los dos hombres se fueron del bar y bajaron las escaleras. Camila en su mente pensaba lo que había dicho Mai con lo malo que se vendría y lo que podía pasar con Braxton. Suspiró. Kayla y

ESPRESSO a las 9

Valeria la tomaron para llevarla a la periquera con Enrico y Jonah para seguir tomando. Oscar y Braxton ya manejaban y se dirigían a Mónaco. No pregunten cómo, así lo hicieron.

18. Un nombre en un papel

…*No sería la primera vez por la que paso por este tipo de situaciones, sabía que me enfrentaba a algo que rebasaba los límites del peligro y la seguridad personal.*

El amor no es tangible, pero sé que no había sentido algo tan fuerte como lo que siento ahora, eres todo lo que he soñado y he vivido hasta este momento peleando sin saber qué era lo que buscaba hasta que te encontré. Con solo mirar tus ojos puedo ver que mi futuro está dentro de ese mar de miles de millones de situaciones y momentos divinos por vivir.

Tal vez y mi vida se acabe, llega a un momento en donde todo culmina, haré lo posible por terminar esto y que tú y tus seres queridos estén a salvo y despreocupados de que esas malas personas estén acechándolas…

Interrumpió la carta que escribía a mano para Camila cuando escuchó que tocaban a su puerta.

Apartamento

12.54 pm

Abrió la puerta y miró a un viejo conocido suyo, Alfredo Ruvalcabar. Uno que conocía muy bien a qué se dedicaba y de dónde venía Braxton.

—¿Alfredo? Pero ¿qué v...?

—Verdad, lo sé. —Le sonrió de par en par el sujeto que estaba parado con sombrero y bigote—. Vine a ayudarte.

Braxton lo hizo pasar y él se sentó en el sofá. El hombre de traje impecable, zapatos de charol negros, peinado hacia atrás con su cabello oscuro esperó a que él se sentara.

—¿Sigues haciendo espressos? —complementó Alfredo.

—Sí, ahora sirvo dos, hermano.

Los espressos salieron de la pequeña cafetera italiana moka y con una cucharada de azúcar endulzó los dos. Esta vez, Braxton estaba sorprendido por la visita de Alfredo, que estimaba mucho. Él lo había ayudado financieramente en épocas de economía crítica, a conseguir el apartamento y darle consejos de relaciones. No era su mejor amigo como Enrico o uno que le «sacara viejas» como Oscar, pero si uno de los más allegados, era como su familia, lo consideraba como un hermano mayor. Le entregó el espresso y Alfredo sólo le dio un pequeño sorbo.

—Y bueno... ¿A qué se debe tu visita?

—Sigues trabajando para J, y una conocida mía me contactó para poder ayudarte a resolver este problema. Braxton, tienes que saber quiénes son y cómo acabar con ellos. La cosa se puso fea.

Braxton miró el papel en donde escribía la carta, suspiró y miró el sobre abierto que había llegado esta mañana arrojado por debajo de la puerta.

—¿A sí? ¿Y quiénes son?

—No tan deprisa, esto lo debemos de tratar con pinzas, que estamos entrando a aguas complicadas. No sabía quienes eran hasta que entraron a terreno familiar, nadie se mete con la familia, ¿sabes? Entonces, tenemos que tener un plan para desarmar a J.

—¿Cómo sabes eso de «que entraron a terreno familiar»? ¿Quién es tu conocida, Alfie?

—Matilda Izaguirre es prima de mi mamá, los conozco muy bien. A ella y a su familia. Sé que sales con Camila.

—Parece que Matilda se lleva con todo el mundo aquí. ¿Entonces te contó que maté a su papá y me están incriminando por la muerte de su hermano?

—Sí, y sé que lo tenías que hacer. Ahora se complicó la cosa y quiero ayudarte a acabar con esa agencia que se volvió personal contra la familia Roan Izaguirre.

—Debemos de actuar rápido, ya que, Alfredo, te comento ya que tú me conoces completamente y sabes como es la agencia, la misión contra Jaime... ahí fue cuando me comprometieron porque no la cumplí y eso me puso una etiqueta roja...

Alfredo, sorprendido, no sabía del todo la magnitud del asunto. Braxton nunca bromeaba con esas cosas, no era un tipo bromista, aunque a veces sarcástico.

—Eres el blanco de todos los mercenarios de la agencia...

—Para pasado mañana, sí, y ella también.

Volvió a mirar el sobre.

—¿Te refieres a Matilda?

Braxton se levantó y fue por el sobre donde tenía escrito el nombre de la persona que tenía que desaparecer para este día y el siguiente como plazo máximo.

—Esto se volvió demasiado personal, la agencia tiene algo en contra mía y necesito saber quiénes son antes de que sea demasiado tarde. —Le entregó el sobre. Alfredo lo vio y resopló crispando los ojos.

—¡A su madre! Sí que es personal. —Se tomó el espresso y lo dejó en la mesita de café.

—Está cabrón, ¿no?

—Está hirviendo y me lo tomé deprisa. —Hizo un gesto con la cara y la lengua y volvió a mirar el sobre.

—Hablaba yo del sobre.

—Yo del café, pero si, está muy cabrón y si es algo muy personal. Tienes que actuar inteligentemente, haz lo posible por cuidar de mi prima y de mi tía. Está en ti terminar esto y yo con esto te estoy ayudando, escucha...

—Iré hoy mismo –interrumpió Braxton.

—Hoy, tienen un evento de celebración de aniversario en la agencia. Sería un suicidio si vas, pero por suerte, yo estaré ahí, no sospechan de mí ya que hacen negocios conmigo con el algodón... aunque ya se terminará muy pronto. Pasada la noche, por ahí un 8, te contactaré en café LaGuerta dándote una dirección y una hora. Vas a ir y verás quiénes son, tú solamente sabrás qué hacer.

—¿Cómo sabes que son la agencia J?

—Lo sé, porque tuve que unir piezas de rompecabezas y me sonaba muy lógico, más que nada por lo que pasó con Ferrán y la inicial del apellido que tiene una de las familias más ricas de la ciudad. Lo verás con tus propios ojos.

—Ya dime, no seas cabrón.

Alfredo solo se rio, pero negó con la cabeza.

—Lo tienes que ver con tus propios ojos, hermano.

Comandancia de Policía #3

2:55 pm

El comandante McCormis se comía su segunda hamburguesa de pollo frito cuando sonó el teléfono en línea directa.

—¿Sí? —respondió.

—Comandante, McCormis, le transfiero una llamada urgente. —Le habló la recepcionista.

—A ver.

Dejó su hamburguesa de lado y esperó a que se escuchara la voz de la otra persona.

—McCormis.

—¿Qué tal, comandante? Me llamo Tobías Goth, le tengo información de una persona que se dedica a matar a los Ríspidos y Seguros y últimamente a los Roan.

El comandante frunció el ceño y jugueteaba con el lápiz.

—Necesito nombre e información que compruebe que esta persona es el asesino.

—Se llama Braxton Hall y no tengo pruebas pero sé donde vive este sujeto, pueden corroborar sus pistas y el dibujo que hicieron de él cuando lo vean.

—¿Ah sí? ¿Cómo sabe esto?

Miraba las evidencias que era el calzado, el tono de cabello, altura y complexión. En todos los asesinatos recientes sacaban las mismas pistas.

—Yo vi con mis propios ojos cómo mataba a Jaime Roan afuera del bar y como mataba al Ríspido a bocajarro en el café.

El comandante no sabía si confiar en este tal Tobías, pero si lo que decía era verdad, podía ir con Roidriguez a averiguarlo.

—Muy bien, Sr. Goth, tomaré sus datos y su información.

LaGuerta

8.16 pm

—Señor Hall, su espresso con vodka.

—Gracias.

Tomaba el que según él creía era un Espresso Martini que le entregaba la joven chica rubia de buen aspecto y terminaba de escribir la carta que tenía que dejar afuera de la casa de Matilda Izaguirre, antes de pasar por la dirección que seguía esperando de parte de Alfredo. Al segundo sorbo, Antonia mandó a la chica rubia por Braxton.

—Señor Hall, tiene una llamada.

—Gracias, linda.

Se levantó, Antonia le sonrió y le entregó el teléfono.

—Gracias, Antonia.

Tomó el auricular y sólo escuchó con atención.

—Terrenos agrestes verdes 102, al final de la calle, ventanal suroeste. 10.00 pm. Suerte. —Alfredo colgó.

Braxton tomó nota, se alejó y le entregó el teléfono a la dueña del lugar.

—Suerte, Braxton —le dijo Antonia LaGuerta.

—Esta vez, vaya que la necesitaré.

Se tomó tranquilo su espresso con vodka y treinta minutos antes de las 10 se apresuró a ir a la calle de las jacarandas para ir al árbol más grande con el tronco mas agrietado y dejar en el orificio la carta que iba dirigida a Camila.

Puede que hoy termine todo, o puede que no. Yo sólo quiero que, si lees esto, me puedas perdonar un día, Camila, porque este amor sobrepasará la vida terrenal —dijo para sus adentros.

Corrió y tomó un coche dando la dirección. Llegó un poco antes de las 10 donde indicó al conductor que lo dejara en el camino empedrado.

«La casa tiene un gran aspecto, suelen juntarse con mucha gente, creo para confundir a la gente, pero cuando la ves a ella te das cuenta de la verdad, de lo increíble que te resulta su gran personalidad.»

Recordaba de nuevo a Ferrán platicar del amor que lo llevó a la tumba.

Caminando cuesta arriba avistó la gran casa que ya estaba desolada, sólo un coche convertible color blanco aguardaba. *Tienen demasiado dinero* pensó él y caminó al lado suroeste por el pasto que estaba bien cortado. Se escondía por los árboles para no ser visto. Tenía su semiautomática preparada para terminar con esa persona, tal vez y sea la chica de su viejo amigo, o alguien más, y la liquide con gracia. Llegando al ventanal que daba a una gran sala iluminada vio que no había nadie, miró su reloj y eran las 9:59. Preparó su pistola y miró una sombra que se conducía para llegar al ventanal. Respirando profundo, Braxton, apuntó.

— Pues bueno, Alfie, seguiré tu consejo y acabaré con esto.

Una mujer, rubia, de estatura alta, vestida de traje blanco entallado, piernas largas y torneadas con botines altos, peinado rizado que caía por su brazo izquierdo se detuvo a mirar por el ventanal hacia el jardín. Lo miró a él y él a ella. Sus miradas se cruzaron.

«Es lo bastante hermosa, carismática, audaz e inteligente que es imposible no amarla y caer...»

Te moriste por amor falso, Ferrán.

ESPRESSO a las 9

Le palpitaba el corazón de manera imposible, le temblaba su brazo y su mano de igual manera, Andrómaca no lo había visto a él porque ella solo miraba el paisaje.

—¡No pu-puede ser! Andrómaca... sabía que eras tú... algo me lo decía... ¡Puta madre!

Enojado y nervioso apretó sin querer el gatillo donde la bala pegó en el cristal enfrente del rostro de Andrómaca, creó el impacto, pero para su gran suerte ese cristal no se rompió y únicamente causó prender la alarma y las luces blancas en el jardín. Ella lo encontró al fin, ahí escondido y con la pistola empuñada en su mano derecha. Abrió sus ojos rasgados, se miraron asustados por un momento. Él ahora sabía quién era el cerebro de la agencia J y sabía cómo terminarlo. Ella se alejó del espacio visual de él y Braxton no sabía qué hacer, más que correr.

19. Conflicto

Un día después…

Camila Roan

Era el nombre que había aparecido en el sobre el día anterior y en el que el trabajo debía de hacerse por Braxton mismo, de lo contrario dos días después se activaría la segunda etiqueta roja en él… es decir, ya este día. Braxton ya tenía la doble etiqueta roja por la agencia. Su deber era huir y proteger a Camila de Andrómaca y sus empleados. Lo supo desde un instante que los celos y la furia de la rubia de ojos rasgados grises se estaban centrando en la familia de Camila. Su ex novia se lo había advertido desde un inicio. «O la dejas o se van a poner feas las cosas».

Braxton al principio no sabía el porqué había aparecido la nota del papá de Camila, pero con Jaime y ahora con ella, era un favor personal que le pedían que se hiciera sin ningún tipo de excusa. «Es tu trabajo. Si no lo haces, mueres». Entonces ya decidido en sacrificarse por salvar al amor de su vida, Braxton ahora, estaba sentado en la silla de madera de roble tintado en rojo en la sala, mirando por la ventana el centro de la ciudad donde desembocaban dos calles en una «Y» con la estatua de un pescador, tomando su espresso de la mañana, pensaba en dónde encontrar a Camila para decirle toda la verdad.

Y por Jouetrrier, como no saberlo.

Parque Central.

10:55 am

Lo sabía por intuición, que Camila desayunaba todas las mañanas a las 9:30, un desayuno bastante completo. Panes con mucha azúcar, Pancakes, mermelada de fresa o chabacano, mantequilla, frutos del bosque, jugo de naranja o verde con muchas cosas que no sabía Braxton que eran, pero la sociedad elitista de la ciudad lo tomaba, café largo con crema, azúcar y a lado: un huevo cocido. Esto acompañado de su perro, un bulldog francés color café grisáceo llamado Melvin. Melvin era un perro amable y obediente pero bastante bruto, él también desayunaba su dosis de comida de perro elitista a la misma hora, pero su digestión lo llevaba a hacer sus heces a esa hora, donde Camila ya ha tomado dos cafés y quiere digerirlos caminando por el parque central donde ahora estaba Braxton aguardando fumando un puro atrás de un árbol, impaciente y con mirada analítica.

En vestido blanco, sombrero y unos zapatos de piso y con unos guantes de encaje blancos y una correa azul celeste donde paseaba al perro, Camila caminaba por el andador con mirada radiante y siempre alegre. Braxton apareció a la vista de Camila. Ella sorprendida sonrió y lo quiso abrazar. Él incómodo pero enamorado le correspondió el abrazo.

—Hola, Cami. Te ves hermosa el día de hoy.

—Hola, Brax, gracias —Se inclinó hacia él—. Tú también te ves muy guapo.

Braxton siempre vestía un traje de tres piezas, sus cadenitas en los bolsillos del chaleco y solía usar un sombrero, más cuando quería que no supieran de su identidad.

—Hola, Melvin.

Melvin con la lengua de fuera sólo lo miró, él únicamente quería defecar en algún lugar fresco.

—Salí de paseo con Melvin para que pudiera ir al baño, ¿Qué haces tú aquí? Ayer no supe nada de ti.

—Tenía... cosas que hacer. —Se puso nervioso y caminó con ella a su lado del brazo, la miró y se acomodó el nudo de la corbata—. Bueno, no es casualidad que nos encontremos aquí, yo vine a buscarte para decirte algo sumamente importante.

—Dime, soy todo oídos.

No sabía cómo empezar a hablar, se había formulado anteriormente como empezar, ya lo había hecho numerosas veces en diferentes ocasiones, pero con ella de frente, con esa mirada tan tierna y esa belleza angelical no sabía cómo.

—Yo soy el asesino de tu familia, Camila. —Ella seguía caminando tranquila, como si no hubiera escuchado nada, sonreía. Él se aterró al no ver reacción—. ¿No dirás nada?

—No juegues, tontito. Eres muy ocurrente, pero cosas así de pesadas con lo de mi familia, no juegues.

—Camila, ¡yo maté a tu papá! —Seguía caminando y regañando a Melvin por ir con las personas sentadas a olfatearlos, no le gustaba que incomodara a las demás personas que no les gustaban los perros—. Me incriminaron por lo de tu hermano, pero era mi trabajo matarlo ¡Yo los maté! ¡Es mi trabajo!

Su desesperación al ver que ella no tenía reacción hizo que la tomara de los hombros.

—¡Basta ya, Braxton! No estoy para bromas. —Se molestó.

—¡No es una maldita broma! Yo no bromeo y lo deberías de saber ya. Mi trabajo es ser un asesino y me encargaron matar a tu familia.

Camila pudo ver en Braxton su sinceridad y desesperación, no bromeaba y esto hizo que se detuviera y les pusiera atención a los ojos verdes casi llorosos.

—Tu padre... viajaba en el tren, era temprano, como las 11 de la mañana, llevaba una gabardina color camel en el brazo y un portafolio con papeles, su pelo canoso, no sabía él lo que pasaba...

—Basta ya...

—A tu hermano, como dije, no lo maté, pero tampoco pude detener su asesinato. La agencia a la que le trabajo, sabe de lo nuestro. Lo hizo personal y ahora quiere que también...

—¿Es verdad? Esto que me dices... ¿De verdad mataste a mi familia?

Varios policías en caballo paseaban por el parque, muchas personas caminaban despreocupados, otros acechaban, eran dos blancos muy fáciles de matar juntos. Uno de esos policías los observó y hablaba en murmullos con los otros. Braxton se percató de ello, tenía que protegerla. La manejó para que caminaran a un lugar con más gente y no los vieran fácilmente.

—Sí, es verdad, aunque no maté a Jaime y lo que quiero es protegerte porque ahora el blanco...

—¿Cómo puedes ser tan descarado y sinvergüenza de hacer algo tan inhumano y luego venir con tu romance? Simplemente no puedes. —Ella iracunda miraba a los policías pasar, quería gritar que ahí estaba el asesino de su familia pero no había prueba alguna. Sollozaba y Melvin ladraba hacia su dueña.

—No fue porque lo sabía, lo supe con tu hermano, Jaime, pero no lo hice, no quise lastimarte. Mi amor por ti es genuino, si hubiera sabido que tu papá era el primer objetivo no lo hubiera hecho, créeme.

—¡Pero lo hiciste! Lo mataste, viste como mataron a mi hermano y aún así no me dijiste nada. Hicimos el amor muchas veces, me entregué a ti y no pudiste decirme la verdad. ¡Mierda, Braxton! hasta ya planeábamos casarnos. ¿Recuerdas haber estado tomados de la mano en esa terraza a lado del mar...? ¿Cómo mierdas pudiste? –Lloraba y lloraba desconsolada –. No quiero estar con el asesino de mi familia.

—Sí, lo soy, pero porque era mi maldito trabajo, si no matas te matan, es supervivencia a un nivel muy básico y ahora los dos estamos en peligro. Nos matarán.

—No, no quiero caer en tu mundo criminal, si te van a perseguir no quiero arrastrarme a él. Lo peor es que si sabía, sabía a qué me metía al estar contigo, pero jamás pensé que estaría el resto de mi vida con el asesino de mi papá. ¡Jesús!

—No es un mundo criminal que yo creé, lo hizo tu abuelo con sus negocios sucios y arrastró con él a toda su descendencia, incluyendo a tu tía. Andrómaca quiere cobrar venganza, lo supe ayer.

—¿Tu ex novia? ¿Quiere venganza? –Parecía que Braxton se inventaba una novela rara, aunque en él fuera toda honestidad, las palabras parecían haber sido escritas por un escritor loco, solitario y con problemas con el amor.

—Sí, yo sé que suena ilógico, pero trabajo para su agencia de asesinos. No lo sabía hasta ayer.

—Pues que lástima, querido, sigue con esa maldita tóxica. Te irá bien, destrozando familias y corazones.

—No entiendes, yo ahora trato de protegerte a ti y a tu tía Matilda. No pueden estar solas ahora... no cuando las persiguen.

—No me interesa saber más de esos cuentos fantásticos de ex novias tóxicas y psicópatas, pero sí creo que eres un asesino desalmado, algo me lo dijo cuando te conocí que eras una mala persona y yo de tonta caigo ahí como gorda en tobogán con el hombre guapo, misterioso, que se viste bien, interesante y con educación. ¡Patrañas!

—Fui yo, yo te lo dije, pero me enamoré. Me enamoré de esta increíble mujer.

—No me amas...

—Sí te amo y quiero pasar el resto de mi vida amándote y protegiéndote –Se hincó.

—Levántate, por Dios, no hagas eso. –Le dijo ella molesta –. No quiero verte ya. Seré buena persona por respeto y por lo que pasamos juntos y no te entregaré a la policía, pero ya vete.

—Cami, no puedes dejarme, no cuando está pasando esto. Te tengo que proteger.

—Me puedo proteger sola, si dices que «eso» es verdad, entonces mi tía y yo nos sabremos proteger, así que desaparece de mi vista y déjame en paz. Hoy habrá una gran fiesta y me tengo que ir, Melvin y yo tenemos cosas que hacer.

La vida del parque se tornaba con muchas miradas, entre ellos los policías a caballo seguían mirándolo. La amaba, no la quería dejar ir pero lo mejor sería desaparecer y cuidarla de lejos.

—Muy bien, me retiro, pero te estaré observando, no dejaré que te pase nada. Te amo. —La besó en el guante y ella hizo un gesto de disgusto y la retiró.

—Adiós —le dijo fríamente.

El corrió, apretó los dientes y enojado pateó un pedazo de rama. Quería llorar.

Los policías hablaron con el comandante McCormis.

—Jefe, creo que lo tenemos y se dirige a la dirección que nos proporcionó.

—Procedan. —Les ordenó McCormis.

LaGuerta.

3:20 pm

Segundo espresso y Braxton soñaba despierto, no podía dejar de pensar en Camila, en un futuro lejano en donde su mente divagaba en un lugar cerrado, con muchas luces de colores, la gente vestía con muy poca ropa, hacía calor, la música sonaba con sonidos eléctricos. Él era un espectador con ropa diferente, más futurista y tomando en un vaso de cristal su Gin & Tonic. En medio de la pista de baile estaba Camila con el pelo más largo, una playera corta blanca y sus tetas sensuales se movían con el movimiento que ella hacía bailando despreocupada, su pelo rizado y sus ojos azules brillaban con las luces. Sus amigos la miraban fascinados a esa mujer que bailaba como si nadie la viera. Ella se mordía el labio, levantaba los brazos, jugaba con otros hombres que se la comían con la mirada, sus piernas también parecían aceitadas. Ella cantaba la canción que tocaban y lo miraba a él invitándolo a ir y con una corriente eléctrica y sexual. La mirada lo mataba.

—Braxton... Brax...

—¿Yo?

—Sí, tú...

—Quiero...

—¿Quieres?

—Quiero todo...

—Te doy todo.

—¡Braxton! ¿Estás bien? —Antonia LaGuerta le hablaba.

—Perdón, Antonia, pero soñaba algo en un futuro, la música, ella, era tan hermosa, tan perfecta...

—Estás enamorado, hijo, pero aquí en la realidad, tienes una llamada.

ESPRESSO a las 9

Se levantó y en la barra cogió el teléfono.

—¿Diga?

—Diez en punto de la noche, en Club Magno, será toda una masacre si no lo detienes.

—¿Alfie? —preguntó asustado.

—Club Magno, a las 10, ve preparado.

—¿Club Magno? ¿La casa de Matilda?

Colgó

Perturbado anotó todo lo que le dijo su amigo. Se acordó que Matilda le comentó de una celebración que iban a tener ese día, la masacre se refería a que los asesinos de la agencia J irían por Matilda y Camila, había fuego cruzado. La Gran Fiesta. Corrió hacia la calle.

—¿Todo bien?

—Sí, tengo que ir a salvar al amor de mi vida, quiero estar en ese lugar oscuro bailando sucio con ella.

—¿Qué? —habló divertida Antonia mirándolo en apuros.

—Un último espresso y me voy a cambiar, hay algo importante que hacer.

—¿Vas a la Gran Fiesta de Matilda Izaguirre?

—Sí ¿cómo sabes?

—Conozco a Matilda muy bien.

—Como todo el pinche mundo aquí... Antonia, un espresso es todo lo que ocupo, lo demás lo pongo yo. Tal vez y con vodka, en el shaker esta vez.

Antonia fue hacia la barra y de la máquina sacó un espresso y lo combinó con el vodka. Se lo entregó en una copa de Martini y él lo tomó rápidamente.

—Deséame suerte de nuevo –le dijo apurado y besándole la mejilla a la mujer de mandil.

—Te irá bien, no la necesitas.

Corrió a su apartamento.

Braxton se bañó, perfumó, se vistió con un pantalón negro de vestir, una camisa sin mangas cuando escuchó que tocaban en la puerta. Este confundido fue a abrir a ver quién era. Abrió la puerta y tres policías le esperaban.

—¿Braxton Hall? —Le miraron el calzado.

—¿Sí?

—¿Puede darnos un zapato suyo?

Mierda. Se los entregó. 9.5 UK.

—Queda usted arrestado por homicidio, acompáñenos a la comandancia.

20. Encarcelamiento Fugaz

Comandancia-comisaría de la policía de Los Ángeles #3

7:00 pm

Lo llevaron a la comisaría, lo iban a retener hasta tenerlo totalmente identificado y que las pistas que tenían del asesino coincidieran con él. Si resultaba que era él el asesino que había matado a más de diez personas en los últimos meses entonces lo llevarían a otra ciudad a una cárcel para encerrarlo sin oportunidad de juicio ni de defensa pues ya estaban hartos de él y de su libertinaje. No tenía derecho a nada. Braxton estaba sentado en una silla en una oficina, con las manos esposadas. Estaba calmado, pero en su cabeza sólo pensaba: *Mierda, mierda, mierda, tengo que irme ya a la fiesta o si no habrá un cagadero.* Mientras hacían todo el papeleo, Roidriguez entró a verlo.

—Sr. Hall...

—Poli, me tiene que sacar de aquí, hay gente que corre peligro ahora mismo.

—Sí, ya sabemos que usted es un asesino a sueldo. La gente no correrá más peligro.

—No, no entiende. Me refiero a qué hay gente mala que quiere matar inocentes esta noche en una fiesta y tengo que...

—Nos haremos cargo si eso llegase a pasar, señor Hall.

—No, pero, es que yo...

Se sentía frustrado y no sabía qué más hacer, la policía no lo iba a escuchar y sólo lo querían encerrar. Veía como ese policía no era más que un subordinado y los demás estaban tramitando su sentencia para trasladarlo. Tenía que salir de ahí ya. De todos modos tenía a la agencia buscándolo, si la policía lo buscaba también le daba igual. Su máxima prioridad era proteger a la familia de Camila Roan.

—En unos momentos más le diremos que pasará, por ahora, quédese aquí quietecito, ¿vale?

Braxton no respondió. Miró todo el salón dónde lo tenían y estaba cerrado por todos lados a excepción de una pequeña ventana que estaba lejana. Fue a mirarla y estaba lejos de alcanzarse, tenía que subirse a la silla, entonces la arrimó y se subió para ver si ahora si la alcanzaba y si pudo pero la ventana estaba muy estrecha que no sabía si cabría o se atoraría. No se arriesgó. Fue ahora a la puerta, pero estaba cerrada. Esperaría a que entrara otra vez el oficial. Pasó una hora. Roidriguez entró de nuevo.

—Muy bien, señor Hall, ahora sí...

No vio a nadie sentado en el escritorio, ni en la silla. Miró la ventana y el policía se alarmó.

—¡Oh, no, diantres!

Un fuerte golpe en la cabeza le sorprendió y se mareó por el fuerte dolor, un segundo lo noqueó. Braxton sostenía un pedazo de fierro en su mano que había sacado de otro escritorio roto. Era tiempo de escapara ahora que la puerta estaba abierta. La fiesta ya había empezado y este ya estaba retrasado. Al salir al pasillo de la comandancia, no vio a nadie y con cautela caminaba hacia la salida. Un policía lo avistó y gritó.

—Hey, tú, ¿Cómo te escapaste?

Braxton sin responder le mete un cabezazo a su nariz y el policía no reaccionó, con una patada y un fierrazo lo dejó en el suelo. Otro menos. Caminó lentamente hacia la salida y otros dos lo vieron en la salida.

—¿A dónde crees que vas? —le preguntaron acercándose a él para detenerlo.

Braxton ya tenía experiencia en artes marciales y en combate cuerpo a cuerpo así que fue bastante fácil deshacerse de ellos aún así con las esposas puestas. Salió por la puerta principal. Con fuerza pegó las esposas contra una reja y se rompieron en añicos.

—Bastante fácil, ahora sí, vámonos a alistarnos.

Un hombre lo veía a lo lejos, lo siguió cauteloso.

Mientras tanto en la comandancia, McCormis se enojaba con todo mundo por haberlo dejado escapar tan fácil y tenía a Roidriguez como primer culpable. Este se limpiaba la sangre de la cabeza con un algodón.

—¿Cómo pudiste? —le reprochaba el comandante.

—Me sorprendió, jefe. No tuve oportunidad.

—¿Mencionó algo de donde iría después?

Roidriguez recordaba cada palabra del sujeto.

—Dijo algo de una fiesta el día de hoy y de que iban a matar a inocentes.

—¿Fiesta?

—Sí...

—¿Será la de Matilda Izaguirre? —se preguntó.

Epílogo cuarta parte: Así que comenzamos...

Casa de Matilda Izaguirre.

La Gran Fiesta.

9:59 pm

Un escenario, sin igual, pintoresco y oscuro a la vez. El patio se iluminó con grandes candelabros y luces ambientales en las cúpulas. Sonaba *So Let's Begin* de Kognitif de fondo con su entrada. El saxofón se escuchaba a lo lejos, en el patio consecuente, todo parecía enorme y maravilloso. Unos graves junto con los beats que retumbaban en los grandes pilares que sostenían el gran techo adosado. Curiosamente, habían contratado de nuevo a DJ Alex, le ofrecieron la misma cantidad de dinero y esta vez él sí exigió una botella de Ron en su cabina. «Nada de música de bodas, Alex, queremos música *Hip-Hop Jazz, Deep Swing, House y Disco.*» Le advirtieron. La alfombra rojo sangre daba pie a que entrara Braxton a un capítulo final. Miró hacia la cúpula iluminada, se amarró el nudo de la corbata, se acomodó el cuello de la camisa, el saco de igual manera y caminó.

—¿Están todos listos? ¿Sí? Así que... comencemos.

El hombre de traje oscuro que le siguió hasta su departamento, se bañó, rasuró, se puso after-shave, perfumó, lo esperó a que se cambiara, se echara sus shots de ginebra, llamó a sabe quién desde su sala, salió de su departamento, chutó una botella vacía de la calle, se tropezó y maldijo «la perra verga», siguió caminando, se confundió de calle, y al final llegó a la casa de Matilda Izaguirre, también entró al recinto y lo seguía de cerca con su cuchillo en una bolsa y su semi automática en la otra.

—Hoy cobro mi venganza por todos los que mataste, hijo de la gran puta.

Braxton tenía dos objetivos primordiales para esta noche, el primero era buscar a Camila para protegerla y mantenerla segura; y el segundo objetivo era acabar con toda la agencia J que deberían de estar en ese lugar buscándolo junto con la policía, aunque pensaba que la policía no podría entrar a una fiesta como ésta, no la dejarían pasar, entonces por eso, estaba tranquilo por esta noche, no sabía si existía un mañana para él, sólo un hoy. Debería él de saber que es lo que iban a hacer primero, si acabar con él primero para dejar el campo abierto o hacer un duelo para ver quién encuentra primero a Camila y a su tía. Braxton no estaba camuflajeado con la gente que asistía a la fiesta que eran personas con atuendos extravagantes coloridos, señoras con grandes sombreros y abanicos, hombres con tuxedos y sombreros de copa altos, de hecho, iba con su vestimenta habitual, traje de tres piezas en color negro, sombrero negro, zapatos negros con blanco, camisa blanca y corbata negra con un pañuelo color plata, sus habituales cadenitas de oro, que una de ellas era el reloj de la familia Hall. Él quería que lo localizaran para poderlos ver a ellos aún sin saber quiénes eran los mercenarios de Andrómaca.

Los que tengan empuñadas las armas, esos son. Así iba a distinguirlos, con la mirilla en el ojo y apuntándole a él.

Las personas extravagantes pululaban el lugar, los patios se llenaban de vestidos y pajaritas en cuellos masculinos. Las bebidas se servían y la música del Swing tocaba. Decidió ir al lugar más repleto de gente, el patio número dos donde estaba la barra en el centro de una piedra luminosa con forma de olas de mar y la cristalería de colores púrpuras-azules en el centro donde el bartender servía champagne. Se acercó a la barra y le indicó al bar tender que quería un gin & tonic y este le ofreció un Gin Tea & Tonic de maracuyá con frambuesa y este aceptó felizmente.

—¿Con cítricos o seco? —Preguntó el barman y él dudó—...toronja, naranja, pepino...

—Pepino y toronja...

—Correcto, va enseguida.

Miró la planta de romero y vio las hojas de albahaca en un plato de comida italiana y tomó una ramita de la maceta y la hoja del platillo y se las puso en la copa de cristal junto al saquito de té. Dio unos sorbos grandes y miró al público intentando distinguir a Camila o a cualquier persona rara que lo estuviera mirando, debía de captar la atención de estas personas. Avistó a una mujer sola que platicaba con otra chica y sonreía con frecuencia, recargada con ambos brazos hacia atrás en la barra con la mira fija en el público.

—Perdón, creo que me encanta tu vestido, ¿diseñado en París?

La chica primero volteó con gesto de desaprobación, pero al ver la galante mirada de Braxton y recorriendo de pies a cabeza le dio luz verde para entrar en conversación.

—Sí, único en su especie y confeccionado bajo este cuerpo escultural que ves.

—Le hizo todo un favor, pero dime, como se vería... –comenzó a pasar sus dedos por el brazo e interrumpió mirando distraído hacia atrás y esto hizo que la copa de champaña de la chica se cayera y se rompiera en miles de pedazos.

—¡Dios! ¡Que estúpido eres! –lo regañó enojada y ella se secó con sus manos mientras que la otra chica le ayudó y en eso, una chica de vestido verde turquesa lo tomó por el brazo, lo agachó y lo llevó casi gateando al otro lado de la barra. Tobías que estaba del otro lado del patio, escuchó el ruido de la copa romperse y lo miró.

—Oh no, hombre, tú no vas a estar aquí. Esto se acaba esta noche –dijo Tobías relamiéndose los labios con una mirada maliciosa.

Fue rápido hacia un teléfono para llamar a la policía.

—Estación de policía –respondió un hombre.

—Dígale a McCormis que venga rápido con su gente, que para eso les pagamos cada mes, cabrones. Pero vengan vestidos de civiles y elegantemente, porque es una fiesta especial. Aquí anda el asesino que se les escapó.

—¿Quién habla?

—Háganse pendejos. La familia Goth Roan, quién más. Casa de Matilda Izaguirre. Rápido.

Colgó, tomó su revólver 38, lo puso en su chaqueta del traje y se fue tomando su whisky hacia el patio de nuevo.

10:40 pm

—Braxton, la bala casi te daba, te tuve que haber empujado para simular el accidente. —La chica en vestido turquesa lo movía de lugar.

—¡Dios! y ¿Tú quién eres?

—Genova, amiga de Matilda, Him y de Camila, mucho gusto.

La chica parecía de 18 años y llevaba pelo rojizo corto rizado y una diadema, sus ojos verdes eran profundos como el verde de su vestido.

—¿Cómo supiste del disparo? —preguntó Braxton agitado mientras se conducían hacia un rincón del patio y veían la periferia.

—Him me mandó a buscarte, tenemos que proteger a Camila.

—Him… es el hombre de la terraza en la bahía, ¿qué tendrá que ver él con todo esto?

Braxton miró para toda la periferia y dos tipos de traje café y sombrero los miraban, él los vio de vuelta pero decidió quitarse el sombrero agachándose para limpiarlo y moverse hacia ese balcón donde estaban los sujetos extraños.

—Braxton, tú eres el de las armas, yo no dispararé, pero si puedo ocasionar distraerlos. Anda, vayamos.

Genova parecía saber muy bien lo que hacía y se sabía mover por el lugar. No había señal de Camila, pero ya había visto dos personas extrañas que debía de cerciorarse que eran de la agencia y veían a matar. El último Ríspido, se movía sigilosamente para seguirlos, ahora eran dos e iba a estar más difícil acabar con ellos. Esperaría el momento oportuno.

—¿Cómo los conoces? Y este lugar, parece como si vivieras aquí.

—Parece que sí lo viví una época y me trajo muy malos recuerdos, pero eso es otra historia.

Al llegar al balcón, los miró, ellos observan al público buscando a alguien. Analizando sus posturas y en sus prendas si llevaban armas.

—Se ha ido, podría jurar que estaba con la chica pelirroja. Torpe movimiento –dijo uno.

—Tal vez era lo que quería hacer –Les habló Braxton tomando a uno del cuello y asfixiándolo con un alambre pequeño. El otro intenta golpearle con un cuchillo y Genova lo pateó en las pelotas y luego Braxton de una patada tumbó al hombre que se asfixió y con otra patada movió al otro hacia el muro. Ya desvanecido el primero, Braxton golpeó contra el muro al segundo y con su navaja lo acuchilló para matarlo. Los dos ya estaban muertos. Los movió hacia el primer cuarto, no quería poner en estado de alerta toda la fiesta. Miró a Genova que lo miraba despreocupada.

—¿Estás bien?

—Sí, he visto cosas peores.

Braxton se preocupó con ese comentario pues se veía muy pequeña. Recuperando la visión del público, decidieron recorrer el segundo patio, moviéndose por el balcón y atravesando los arcos de piedra. Este patio estaba más lleno de columnas y un pasillo con mesas en sus costados. Estaba menos conglomerado y le permitía analizar cada persona para ver si tenía un objetivo claro y de repente miró a la Sra. Matilda Izaguirre conversando con un hombre de sombrero de copa y tuxedo, y una señora con un vestido largo que arrastraba una cola, un estilo muy clásico para ese tiempo. Matilda llevaba un vestido largo, pero de la temporada, seguramente de diseñador europeo. Bajaron de inmediato para preguntarle sobre su sobrina.

—Braxton, ¡Qué gusto verte, querido! –Saludó primero al hombre y luego a la chica pelirroja–. Geno, linda, miren, ellos son Ronald Grimaldo y ella es Catherine Balconesca.

Los saludaron amablemente y ellos también.

—Pasaremos al siguiente patio para tomar una bebida, nos veremos enseguida –dijo el hombre educadamente y que del brazo se alejaba con la mujer.

—Tenemos problemas –dijo Braxton.

—¿Qué me quieres decir? –preguntó Matilda alterada.

—Vienen a matarlas, a ti y a Camila... y bueno, también a mí. Debo de alejarlas del peligro, Matilda.

—Pero... ¿En mi fiesta? ¿Cómo se atreven?

—Him me advirtió que pasaría y me dijo que ayudara a Braxton –habló Genova.

—Eligieron este escenario para pasar desapercibidos, sabían que nos encontrarán a todos –Habló él y ella puso cara de pocos amigos y la primera vez que la vio con miedo–. Pero, no te preocupes que voy a acabar con esto.

—¿Sabes dónde está Camila, Matilda? –preguntó Genova.

—No sé donde está, debería de estar por ahí, busquen en las terrazas o en el Club Magno.

—Sí, pero necesito que cualquier... –miró a un sujeto que se escondía detrás del pilar trasero con una navaja. Abrió los ojos, puso a Matilda detrás de él y sigilosamente se movieron detrás del pilar que estaba a lado de ellos–. Genova, toma a Matilda.

—¿Qué sucede? –preguntó ella consternada

—No te muevas, debes de ser precavida y estar con mucha gente, ahora debes de ir a con tus invitados, no te harán nada si hay mucha gente, te querrá agarrar sola, Genova, tú mantén el ojo abierto

—Entendido.

Se fueron y Braxton esperó a que el sujeto se moviera para interceptarlo, cuando este le dio la espalda a Braxton, Braxton con su silenciador le pegó un tiro en el cuello. Se murió el hombre de traje negro al instante, Braxton lo movió al cuarto de utilería que estaba atrás de ellos.

—Tres menos.

Tenía que moverse rápido, ya había un intento de matar a Matilda y ahora que no sabía donde estaba Camila, debía de ser más veloz.

Pasando por el jardín trasero, no vio nada fuera de lo normal, más que las vestimentas y unos bailarines que se movían con gracia como danza de ballet junto con una banda sonora que tenía tambores, violines y trompetas. La gente miraba y charlaba. Pasó a la barra por otro Gin & Tonic, tomaba y se movía. Un tipo de blazer blanco, peinado hacia atrás, pantalones ajustados y mocasines cafés le tomó del brazo y le dijo efusivo.

—Hombre, debes de pasar al club, es una locura, cada vez más pienso que en este lugar no existe ni el tiempo ni el espacio. Por cierto... ¿Qué año es este?

—Debe de ser 1921.

—¿Vendrá el Sr. Gatsby?

—No sé quién es... —Dudó Braxton—. Debería de venir, esta fiesta es mejor que las suyas.

—¿Sabes si hay... Espressos Martinis?

—Debe de haber, ¿eres australiano?

—No, ¿Tú lo eres?

—No.

Una bala retumbó en su vaso y se rompió en pedazos por el aire. Braxton corrió hacia la cancha de tenis rápidamente mientras la gente se volvía loca con la música.

—¡Perra madre! Pinche mal tino tengo —dijo el Ríspído y nada seguro de sí. Se ocultó tras los arbustos y miró cómo otros dos sujetos que deberían de ser de la agencia J lo seguían tras el jardín—. Mmmm, eso quiere decir que puedo matar dos pájaros de un tiro. Toda la agencia debería de estar aquí y más que nada, su jefa, Andrómaca Jouetrrier.

Braxton subió las escaleras de la terraza del bar y las balas que disparaban los dos hombres reventaban en las sillas de madera blanca.

—¡Mierda! —exclamó Braxton.

Los hombres estaban escondidos en las mesas. Braxton se asomó y los vio escondidos, pensó que si caminaba lento a la cancha los podía matar de dos tiros por el ángulo. Se movió rápido y saltó a la cancha. Los hombres lo vieron de inmediato, Braxton disparaba hacia las mesas a bocajarro y ellos también hacia él. Uno se cayó a la cancha moribundo y el otro seguía escondido.

—Sal de ahí cobarde, este juego lo ganaré yo –le gritó Braxton abriendo los brazos presumido y peinándose el pelo hacia atrás. Su sombrero ya lo había perdido. El tipo disparó de nuevo y Braxton lo interceptó con una bala en la frente. Murió.

—Cinco.

Se fue hacia las escaleras exteriores para dar hacia la segunda planta al segundo patio y en este, miró hacia arriba y estaba Camila mirando hacia al horizonte, con vestido color perla, y una diadema de diamantes, sus ojos brillaban desde lo lejos y su piel cristalina lucía con su cabellera negra. Braxton desbordaba amor viéndola. *Mataría otros 100 por ti, mi amor.* Se acercó más hacia ella y un hombre de camisa azul, pantalones de mezclilla oscura y zapatos cafés con aires de no ser de esta época, se la llevó hacia dentro. Braxton se apresuró. No le gustaba nada eso. Al subir más al segundo nivel, vio que otros dos sujetos lo miraron y comenzaron a disparar.

—Como pinches cucarachas, salen por todos lados estos culeros.

La gente no lo notaba, parecía como si sólo estuvieran ellos y eso le reconfortaba a Braxton y aprovechó para hacer lo mismo. Las balas rompieron la piedra de los muros y del barandal de aluminio. Braxton apuntó y disparó, pero tampoco tuvo suerte ya que los sujetos de gabardina se movían y se escondían en los barandales. Respiró y exhaló bocanadas grandes de aire. *¿Cuántos sujetos serán?* Una persona se unió al tiroteo y era una mujer, una de cabello castaño, lentes oscuros y una bandana. Le disparó desde el primer nivel a Braxton.

¿Una mujer? se preguntó en su cabeza.

Miró por el barandal y disparó a los dos hombres primero, una bala de ellos tumbó una esfera pesada de piedra, uno se murió y el otro fue abatido por Genova que tenía un bat en su mano. Sólo le levantó el pulgar y Braxton, le agradeció.

—No dejes a Matilda sola, ya vi a Camila —le gritó. Ella volvió a levantar el pulgar y corrió por el puente para bajar a los patios.

Por el impacto de las balas, una piedra en forma de pelota en un barandal se desajustó de su lugar, rodó por el escalón y tumbó a la mujer que pegó contra las escaleras inconsciente por el gran golpe.Braxton sonrió con su fortuna y contó a los sujetos muertos. No podía perder tiempo ocultando los cadáveres, iban tras él o tras Camila. Se adentró al bar. Desesperado buscaba entre la multitud en el colorido bar, donde había más personas vestidas de una manera muy rara con colores neon y chaquetas holgadas. La música era algo que salía de unos altavoces. Se sentía en otro mundo, otra dimensión gracias al DJ Alex. La Bahía de nuevo. Pero sería fácil localizar a la única chica vestida a la época correspondiente.

—¡Woow! ¡Qué buena música hermano! ¡Qué locura! —musitó un chico de rastas y playera holgada blanca.

—¡Padrísimo, eh! No te vayas a cansar con tremendo ritmo —dijo otro que bailaba con otros dos que parecían más afeminados.

—¿Han visto a una chica de cabello oscuro, ojos azules, vestido perla, muy hermosa? —les preguntó a los afeminados.

—¡Ay, si! vimos a una, creo que andaba con otro galancillo por ahí —le dijo el pelirrojo con voz andrógina.

—¡Sí, muy guapa, eh! —le habló el primero, el moreno de pelo oscuro que bailaba sin parar con una bebida highball—. Búscala por allá.

—Gracias, caballeros.

—Mucha suerte, amigo —le dijo el moreno.

Braxton se fue a la barra para pedir un Espresso Martini. El Ríspido llegó a localizar primero a Andrómaca, ya que ese blanco le gustaba más que el de Braxton. La miró ahí en un vestido rojo elegante y un sombrero negro grande, justamente iba hacia el tocador y lo acompañaba un hombre, era su momento. Ella cargaba su copa de champagne con sus guantes de seda blancos. El Ríspido tomó al hombre por detrás y lo degolló, se hizo pasar por sus guardespaldas e iba a hacer lo mismo con ella.

—Srta. Joutrrier —le habló a las espaldas. Ella lo miró, pero no estaba sorprendida.

—Miren nada más, el mejor amigo de mi novio, Sr. Ángel Vergara, vino sin su grupo de los Ríspidos.

—Creo que es momento de ajustar cuentas, primero me dirá dónde tienen a la hermana de Braxton Hall y luego me encargaré de ustedes.

—¿Hermana? —se preguntó Andrómaca confudida—. Creo que lleva enterrada años, no vale la pena. Suerte con lo otro, imbécil. Vas a morir tu primer.

El Ríspido iracundo, que tenía como nombre Ángel Vergara, sacó la pistola y un balazo retumbó en su cabeza. Tobías estaba al descubierto ahora con el revólver en su mano y cuando cayó el Ríspido muerto en el piso.

—De nada, amiga. Ahora quiero que tú misma mates a tu novio.

—No necesitaba de tu ayuda, Tobías. Ahora si me disculpas.

Entró al tocador mientras tres hombres de gabardina la escoltaban con sus metralletas.

—Pinche vieja. Como me dan ganas de matarla. —Pensó para sus adentros.

12:56 am

Braxton sonreía y se emocionaba con su Espresso Martini. Se giró, agarró valor para seguir con la travesía que hasta ahora había dejado seis muertos. Avistó a Camila que estaba con un sujeto de camisa azul claro bailando. Se acercó a Camila. Ella lo vio pero lo ignoró.

—Camila... Tenemos que salir de este lugar ahora.

—No... y ¿qué haces tú aquí? –preguntó ella molesta.

—Hay gente persiguiéndonos, cada minuto que pasamos aquí esto se pone más peligroso, no sólo para nosotros sino para toda la gente en la fiesta. ¿No te advertí en la mañana?

— No sé de qué hablas y verás... estoy algo ocupada. –lo retiró y siguió bailando con el chico.

Camila se veía que ya había tomado varias bebidas. Braxton miró al chico que concentrado bailaba de una manera muy atrevida, sacó un pequeño tranquilizante en una jeringa y se la clavó en el cuello. El tipo se desmayó y Braxton lo recostó en el sillón de al lado.

—¡Ey! ¿cuál es tu maldito problema? –Camila lo golpeó en el pecho iracunda.

—Ves, ahora ya no estás tan ocupada.

—¿Qué quieres, Braxton? –Exaltada le seguía gritando–. ¿Qué le hiciste?

—Tenía sueño. Ahora ven, sígueme.

La tomó del brazo y la sacó del bar. Salieron a la terraza del patio, ya no estaban los cuerpos de los que antes había asesinado.

—¿Dónde están...?

—Mira, Braxton ya habíamos hablado de esto, no quiero entrar en este mundo tuyo de muerte...

—Mira tú. –La tomó con las dos manos del rostro mirando su cara angelical iracunda–. Este es tu mundo ahora, yo intervine de buena manera limpiando a los que los buscaban, ahora tú y tu tía están en peligro y las tengo que salvar. Si no vienes conmigo morirán y no quiero eso, porque yo te amo, Camila Roan; así que si queremos vivir me seguirás.

Ella se quedó petrificada con las palabras, más porque ese «te amo» se veía muy sincero, también ella lo amaba, estaba enamorada de él y con esa ardiente actitud ruda y protectora se derretía por dentro.

—No, son mentiras tuyas para tenerme y estás borracho, así que mejor me vuelvo...

Los interrumpieron dos sujetos vestidos de rojo con trajes y camisas negras que disparaban a bocajarro hacia ellos, sin importar quienes estuvieran ahí. La gente se alarmó.

—Bueno, ya te creo, ahora sácame de aquí. –Camila que ya lo tomaba de la mano y lo seguía metiéndose rápidamente de nuevo al bar–. ¿Cuál es tu plan?

—No nos podemos esconder, al menos yo no, porque necesito acabar con ellos o las buscarán, pero si tengo que dejarte en un lugar seguro. ¿Recuerdas esa habitación donde estuvimos cuando recién nos conocíamos?

—Sí, claro, la habitación donde acostumbro hospedarme aquí.

—Vayamos ahí. Voy a salir por el balcón y buscaré a esos sujetos.

Fueron a la habitación por un pasillo pasando el bar que está remotamente escondido de lo demás y la habitación daba hacia el jardín principal por el balcón.

—Ten mucho cuidado. —Camila le besó la mejilla a Braxton delicadamente tomándolo con ambas manos su rostro.

—Sí, no te preocupes, volveré cuando todo esto se acabe.

Se separaron.

—Braxton... —se volteó a ella.

—¿Sí?

Le dio otro beso en la boca tierna y apasionadamente.

—Tengo tu carta, me la entregó Genova, y me agrada tu plan. Cúmplelo.

—Por supuesto, muñeca. —Él sonrió y salió por el balcón.

1:16 am

Caminando por la barandilla bajó por una enredadera a la terraza. Pasó los patios para ir al segundo. No los veía ahora. Se escuchó que alguien se aclaraba la garganta. Braxton volteó a ver a Andrómaca en su vestido rojo sangre, su pelo rubio corto arreglado y con un sombrero negro grande y elegante, una pierna descubierta y dos pistolas en mano que las cubría con sus guantes blancos, los dos sujetos de traje rojo la escoltaban.

—¿Vienes a proteger a tu princesa? —le preguntó orgullosa.

—No la encontrarás.

—Sí, ahora que tenemos a Matilda Izaguirre, ellos buscarán a tu adorada Cami. Verán como mato primero a la Sra. Izaguirre y luego verás como tu novia sufre para morir lentamente —Caminó lentamente con los hombres a su lado y al mismo tiempo hacia él. Braxton petrificado la miraba caminar hacia él y ella se detuvo a centímetros de él. Le acarició su mejilla y él pudo oler su perfume de lavanda y cítricos. Sudaba frío—. Verás, mi querido, nadie se mete conmigo. Hemos llegado a tu capítulo final. De aquí no hay vuelta atrás. Cometiste un error fatal al no haberte quedado conmigo y enamorarte de alguien más. Todos esos sueños románticos, esos viajes, esa familia... se quedarán viviendo en un lugar ficticio. ¿Qué nadie te había dicho que andar con dos mujeres a la vez siempre resulta mal?

Braxton enfureció. Lo estaba retando, era el momento de actuar inteligentemente. Andrómaca no sólo era el rostro bonito de la agencia, debía de ser la mejor asesina, la que mató a Jaime

Roan. La figura de esa noche, era la misma que ahora lo miraba retándolo a un duelo como el salvaje oeste. Por otro lado, la policía, vestida de traje, en un número de cinco oficiales, incluídos el comandante McCormis y Roidriguez, llegaban al recinto.

—Muy bien, tenemos que detener a Braxton Hall, si este les dispara o intenta huir de nuevo, no duden en abatirlo. Esta noche se acaba —indicó el comandante. Los demás asintieron y empezaron la búsqueda.

La música House de DJ Alex entonado se escuchaba a lo lejos cuando seguían apuntando las pistolas a Braxton.

— Tienes razón, Andrie —comenzó a decir este—, Este momento se ha terminado... —Sin pensar ni un segundo más. Braxton se hincó en una pierna y disparó a los dos hombres y en cuanto abrió fuego, Andrómaca le disparó, pero él alcanzó a huir hacia la barra de cristales que reventó una por una las botellas y todo lo demás por las balas. Respiró hondo y sintió un ardor caliente y que daba como una ponzoña en su abdomen. Le había atinado una bala en un costado del hombro izquierdo. La sangre salía de su cuerpo y manchaba su camisa blanca. Se quitó su saco y presionó con él la herida.

—Braulio, Rex... vayan por la chica, debe de estar en un cuarto escondida —escuchó decir a Andrómaca y si ella decía la verdad, debía de buscar a Camila y liberarla para que no la encontrarán.

Salió de la barra y no la vio. Corrió al otro patio. La casa parecía desolada a excepción de los cuatro trajeados que lo buscaban.

—Deben ser la policía. —Se ocultó tras un pilar y continuó caminando cuando se marcharon hacia los jardínes.

En el primer patio no había nadie, debería de buscar en el estudio. Cuando fue al estudio, vio a la Sra. Matilda sentada con más personas y Genova a lado de ella.

—Braxton, ¡Estás herido!

—Afirmativo, pero no es nada, me dijeron que tú...

No la tenían, le habían mentido para darle paso a ir por Camila.

—¿Te dijeron? –preguntó Genova–. Braxton te están distrayendo. Es una trampa. –Ella se fue con Braxton y le habló cuidadosamente–: Iré contigo cuando sepa que los puedo abandonar aquí y estén a salvo.

—Cierto, debo de correr, Camila está en peligro.

—Anda, que un momento más te encuentro.

Braxton salió rápidamente del estudio y pasó los senderos de la casa y el dolor era más profundo al igual que la herida. Llegó de nuevo al patio principal y en el balcón estaba ya Camila con Andrómaca que le apuntaba a la cabeza.

2:22 am

—Mira quién estaba en su cuarto esperando a que la salvarán, jaaaa, tan fácil fue encontrarla.

—Suéltala, ella no tiene nada que ver con esto.

—Claro que tiene que ver con esto, es la hija y nieta de personas muy muy muuuy malas en esta ciudad, debe desaparecer la sangre mala.

—Tú lo eres, eres la peor persona que puede tener la ciudad, matas gente inocente, su familia no tiene nada que ver con sus antepasados.

—Puede que no, pero es divertido ver como matabas a todos sus familiares por encargo, ¿no es cierto?

Braxton hervía con sangre caliente. Tobías se unía a la fiesta. Andrómaca lo miró.

—A mi prima no, habíamos acordado que a él solamente —Tobías le decía sutilmente, Camila no sabía qué hacer y Andrómaca se sentía desesperada.

—¡Maldita! —le dijo Braxton rabioso.

—Ella también se va, Tobías. Nadie sobrevive hoy.

Genova estaba detrás de ellos dos y pasó un suspiro cuando miró a Braxton haciéndole una señal para que actuara. Genova empujó a un hombre que era el guardaespaldas y Camila le dio un pisotón a Andrómaca y la hizo que se doliera mientras que Braxton mató de un tiro a la cabeza al primer hombre y Genova tomó al otro para que Braxton le pegara otro balazo en la sien, sólo quedaba la rubia asesina de sombrero, Tobías en un costado y la policía que ya se unía. Genova fue hacia Andrómaca y esta con su automática le disparó a bocajarro, pero Genova era como un espejismo que simplemente desapareció, se quedó petrificada y

Braxton le disparó en la pierna para que se cayera. Él corrió hacia Camila subiendo los escalones de la alfombra para abrazarla. La policía intervino.

—¡Alto al fuego! ¡Arrojen sus pistolas! ¡Arriba esas manos!

No hicieron caso.

—¿Estás bien? –le preguntó Braxton a Camila.

—Sí, pero la chica... ¿A dónde ha ido?

Los dos miraron a todos lados y Genova no estaba.

—No todos los finales son felices, no este. –Andrómaca herida de la pierna e intentando incorporarse, suspiró. Braxton soltó su pistola en el piso y levantó las manos.

—Ella es la verdadera culpable de todo esto, oficiales. Llevensela. –Al escuchar a Braxton, dos de ellos fueron a detener a Andrómaca.

—Claro, tú y tu inocencia. No hay finales felices he dicho, ella me lo quitó y ahora se lo quito yo a ella. Yo te amo, Braxton. Eres mío. –Sacó la pistola que tenía enfundada en su muslo y disparó hacia los tobillos de Camila para que se hincara y la golpeó en sus costillas fuertemente. Braxton se enojó y sacó su pistola, la policía disparó a bocajarro a Andrómaca y esta cayó hacia atrás liberando a Camila que herida caía al suelo. Braxton se fue a por ella, pero Tobías no podía dejar a Braxton libre con su amor, entonces lo que hizo fue disparar con su revólver al pecho de Braxton dos veces. Este, conmocionado a lado de Camila, solo se miró las heridas y luego a ella. Tobías corrió despavorido hacia una recámara privada de la casa.

—¡¡Braxton!! —gritó con dolor Camila.

—¡Vayan a por él! ¿Qué mierdas hacen aquí parados? —Indicó McCormis cuando fue a ver a los heridos. Los tres policías fueron a buscar a Tobías.

—Brax, mírame, no te vayas. —Camila le decía tomándole el rostro recostado en ella. Estaba herido mortalmente sólo miró a Camila sonriente y tocaba su rostro delicadamente con su mano.

Mientras tanto en el estudio, Matilda platicaba tranquila con los invitados y Genova apareció ahí mirándose las heridas inexistentes, Him apareció a lado.

—Tienen que ir ahora al patio principal —les dijo a ellas—. Tienen que ir por Braxton, ha sido herido fatalmente.

—¡No! ¡No puede ser!

—Matilda, sólo tú sabes que hacer para mantenerlo aquí.

—Sí, no debe de haber otro final con muerte, Him, ya van dos —le habló triste Genova.

En el patio

3:00 am

—Todo ha terminado, amor mío, ya podemos marcharnos. Tú y tu tía están ahora a salvo. –Braxton le decía con palabras suaves y poco audibles a Camila–. Polis, hablen a una ambulancia, ella está herida. –Escupió sangre por la boca.

—¡No, no, mírame! ¡Quédate conmigo! No te vas a ir a ningún lado, vamos a vivir en una isla ¿Recuerdas? –Lo consolaba teniéndolo en sus brazos. Matilda llegó con Genova y los vieron espantados. McCormis llamaba a los servicios médicos.

—¡Llama a una ambulancia, tía! ¡Está muy malherido!

—Sí, hija, de inmediato, reténlo ahí. Geno, necesito que vayas hacia el foyé y prendas las cinco veladoras que están ahí.

—¿El foyé es donde está la mesa con el cuadro que tiene tu retrato?

—Sí, ese mismo.

Matilda corrió hacia un teléfono. Camila seguía intentando que Braxton siguiera consciente.

—Ya viene una ambulancia, amor, vamos a superarlo. –se vió los tobillos y sangraba.

Se dolió, pero enfocándose en Braxton el dolor en ella no era nada. Quería que su amado viviera. Braxton tenía la mente ida y sus ojos miraban hacia las grandes cúpulas iluminadas y con esas pinturas de cielo y otros dibujos. Genova llegó al foyé que tenía el cuadro de Matilda en vestido blanco sentada en una silla y la miraba tristemente. Las veladoras, que eran seis, no cinco, estaban sólo prendidas tres. Miró los cuadros de al lado y había uno pintado con el retrato de Genova, otro donde había cuatro chicos jóvenes mirándola y había otros dos marcos con el canvas vacío.

—¿Qué carajos es esto? –preguntó perturbada.

—Tú préndela y ya –le habló su propio retrato que estaba vestida con su chamarra de mezclilla y su falda rosa.

—¿Estoy atrapada en este lugar? ¿Desde el Arcade?

—Pero, querías venir ¿no? –le seguía contestando su retrato.

Tomó un cerillo y prendió las otras veladoras.

Miró los cuadros, el de los chicos se le hacía familiar pues los había visto varias veces en la casa de Matilda. Un cuadro empezó a pintar un retrato de un hombre de traje.

En el patio

3:27 am

—Mi existencia cumplió su objetivo, ahora el cielo me espera… –decía Braxton moribundo.

—No, no digas eso, mejor… dime…. ¿Qué isla quieres? –Camila le hablaba tiernamente y llorando.

—Quiero ir… a Bali…

—Bien, bien, y dime ¿dónde vamos a vivir?

—En una pequeña cabaña junto…, –tosía sangre y no le importaba, seguía viendo el cielo iluminado–, al mar.

—Sí, mi amor, ya quiero ir, mañana nos vamos. ¿Cuántos hijos tendremos?

—Tr-tres, dos niños… y una niña… Ma-magnolia…

—¿Cómo se llaman los niños?

—Arthur y Jack… como mi padre.

—Me gustan. ¿Qué comeremos ahí, amor?

Camila miró como iba se iban cerrando los ojos de Braxton y como ella impaciente seguía esperando a que entraran los servicios médicos por el patio con un dolor punzante en sus piernas que la querían desmayar pero ella resistía. Los paramédicos entraban con una camilla para llevárselo al hospital.

Him con Matilda miraban la escena desde un barandal en el piso de arriba.

—¿Por qué no haces nada y sólo los miras?

—Todo ya está planeado, Matilda. No puedo nunca interferir. Es el destino de cada uno, como el de Genova y el de Bobby con sus amigos.

—Pero Camila… morirá de soledad.

—Tendrás que hacer lo mismo con ella en su tiempo. Es una tragedia que servirá para después. Todo pasa por algo y cada persona sirve para dejarnos un aprendizaje y Camila lo sabrá.

Los paramédicos atendían a un Braxton inconsciente. Camila se tapaba la boca con su mano y seguía llorando desconsoladamente.

—Es demasiado triste esto —continúaba Matilda.

—No lo será después, estará en un mejor lugar y vivirá feliz con ella por siempre ahí. Braxton, tiene un papel fundamental, más adelante. Es un excelente soldado y consejero y debe de estar de nuestro lado. Camila también lo es pues es la esencia de este lugar y mano derecha de Braxton. Este lugar tiene que ser creado para vivir felices siempre con las personas que hicieron bien las cosas en este pedazo de existencia. Lo sabes, Matilda, es lo que siempre hemos querido.

—Lo que siempre quise. Ellos me ayudarán. ¿Entonces sigue Mati, de nuevo?

—Sí, nuestra gerente y soñadora, debe de conocer a alguien que nos ayudará a construirlo. Serán felices, confía en mí.

En un estudio alejado y olvidado

3:33 am

Tobías estaba prendiendo dos veladoras negras en un altar. Resoplaba agitado. La policía lo encontraría.

—Vamos, seré tu fiel sirviente ahora sí. Pero, no dejes que pinches me encuentren aquí estos cerdos. Seré tu esclavo.

La estatuilla de un demonio con cara de cabra y una mano con dos dedos levantados se iluminó de los ojos rojos. La policía entró al lugar tumbando la puerta y disparó por todo el lugar. Las astillas de la madera de cedro entintado revoloteaban por todo el lugar y había humo por todos lados. Dejaron de disparar. Roidriguez y los otros dos se inmovilizaron cubriéndose el olor a putrefacción y veladora olor a uva. Cuando el humo se disipó, no había nadie enfrente de la estatuilla. Sólo agujeros de bala.

—¿Pero ¿Qué mierdas? —preguntó asustado Roidriguez confundido.

—Belcebú...

Miraron los tres como la estatua estaba intacta y los miraba fijamente.

Genova regresó hacia el balcón y le acompañó Bobby Durke, Johnny, Genaro y Hubbert. Se juntaron todos en el barandal para mirar cómo se marchaban Camila, Braxton y los paramédicos en la ambulancia. La casa se quedó callada, el viento soplaba por los patios, las luces se apagaron y las siete sombras negras se empezaron a mezclar con la oscuridad de la gran casa.

Sigue leyendo la Saga con "Té a los 6".

MAURICIO WARRÔ

TÉ
—— a los ——
6

W

AGRADECIMIENTOS

Primeramente a Dios por darme vida, salud, imaginación, creatividad, esfuerzo, dedicación, inspiración, buena voluntad y fuerza para seguir trabajando y creando cosas magníficas.

A mi familia, por su apoyo constante, por siempre estar conmigo en las buenas y en las malas y creer en lo que estaba haciendo.

A mis amigos, Iván Peña, Omar Lara, Tony Pegueros, Ana López, Carlos Briones, Ángel Carrillo, Arturo Sánchez, Luis «Chiva» Bustamante, Jérémy Ailhaud, Carito Pedroza, Shiadani Alfaro, Mariana Montalvo y Yuliana Salazar porque siempre creyeron en mí, son fanáticazos de la Saga y nunca dejaron de apoyarme en esta aventura que por muy difícil que se veía y son los primeros en estar en las firmas de autógrafos; la misión es increíble y vamos a incrementar ese porcentaje de lectores en México con buena lectura.

A los comercios que a pesar de que muchos me cerraron la puerta siempre los voy a recordar, como mis amigos de Frascati Campestre, Corazón de Alcachofa, el Café de la Abuela, Dos Bocas y Dublé en León. Nunca dejaron de apoyar a este joven escritor y soñador.

Y gracias a ti, por confiar en un escritor joven con sus novelas y que leíste Té a las 8, Arcade, La Canción de Madison y Espresso a las 9; espero te hayas hecho fanático de la Saga y la puedas terminar con los otros tres libros por venir. Si quieres comentarme algo o darme una reseña siempre me puedes escribir por redes sociales. Haré todo lo posible por leerlos y escribir de vuelta. Sin ustedes mis lectores, yo no sería nadie.

Ser escritor independiente es toda una labor que si no fuera por mi pasión y por mis ganas de que estas historias se lean por todos lados, este sueño se hubiera apagado desde hace mucho tiempo. Gracias por su paciencia y apoyo, queridos lectores. Abrazo grande.

Síguenos en redes sociales

@casawarro

@mauriciowarro

Si quieres preguntar y obtener información acerca de cómo publicar tu libro con nosotros, manda un correo a:

warropublishing@gmail.com

Warro Publishing Co.

Made in the USA
Columbia, SC
13 March 2024